W0243544

La memoria

390

DELLO STESSO AUTORE

La canzone di Colombano
Treno 8017

Alessandro Perissinotto

L'anno che uccisero Rosetta

Sellerio editore
Palermo

1997 © Sellerio editore via Siracusa 50 Palermo
e-mail: info@sellerio.it
www.sellerio.it

2014 Undicesima edizione

Questo volume è stato stampato su carta Palatina prodotta dalle Cartiere di Fabriano con materie prime provenienti da gestione forestale sostenibile.

Perissinotto, Alessandro <1964>

L'anno che uccisero Rosetta / Alessandro Perissinotto.
Palermo : Sellerio, 1997
(La memoria ; 390)
EAN 978-88-389-1365-5
853.914 CDD 20

CIP - *Biblioteca centrale della Regione siciliana «Alberto Bombace»*

L'anno che uccisero Rosetta

Continua a tirar vento, di qua e di là dal colle e i cani se ne accorgono e abbaiano. Tutti i cani qui patiscono il vento, tutti tranne quelli del Pantera.

Il Pantera ha due cani e quando lui è lì a bere al bar Moderno, loro lo aspettano fuori. Davanti alla porta del Moderno ci sono tre scalini e i cani del Pantera, uno per parte, sembrano proprio due leoni di pietra; stanno lì per ore.

'l Pantera si chiama Pancrazio ma nessuno lo chiama più per nome. Gli ubriachi in questo paese non hanno un vero nome. Alpininrussia per esempio, basta chiamarlo: «Alpininrussia, vieni qui» e lui viene. Il Pantera invece non risponde neanche più.

Quando 'l Pantera ha bevuto abbastanza al Moderno va alla cooperativa. Alla cooperativa hanno un dolcetto da far resuscitare i morti. Dovrebbe berne un po' anche lei. Non che lei mi sembri un morto, intendiamoci, si dice per dire. Alla cooperativa ci hanno anche la televisione, ma siccome nessuno la guarda è sempre spenta. Quando c'era la radio era un'altra cosa. Un giorno alla radio hanno suonato l'*Internazionale*, forse era Radio Mosca, Renzo Ala e Giovanin 'd Tinin che erano lì hanno cominciato a cantare anche loro. Il giorno dopo sono arrivati i fascisti e li hanno pestati.

La moglie del Pantera, dopo che successe il fatto, scappò di là dal colle con il Rosso, un po' perché aveva paura, sa lei era la cugina di Rosetta, un po' perché tutti sapevano che se la faceva con il Rosso; ma forse anche questo conta poco: qui si sa tutto di tutti e non importa più a nessuno. La verità è che il Rosso voleva tornare in Francia, dove aveva già lavorato prima della guerra e lei di stare con suo marito non ne aveva voglia, specie dopo quello che è successo.

Adesso però andiamo in chiesa che don Celestino ha già suonato a morto due volte. Sta per iniziare il funerale. Venga più indietro, i posti vicino al confessionale li lasciamo alle donne, così possono ascoltare meglio.

Quelli sono i quadretti dei miracolati, una volta ognuno faceva il suo, adesso invece li fa tutti il Mancino, su commissione. Un quadretto del Mancino può costare un sacco di soldi, ma ne vale la pena. Uno racconta la scena del miracolo al Mancino e dopo tre giorni va a ritirare il quadro che è più vero e più miracoloso della scena stessa, molto più miracoloso. I miracoli più frequenti sono gli incendi nei fienili.

«Senti Mancino» gli racconta uno «sabato notte ero nel fienile quando sento odore di benzina, mi volto e stava già bruciando tutto: è stato un vero miracolo che saltando giù non mi sia fatto niente».

«E la Margherita?» gli fa lui «la Margherita che scappa nuda dal tuo fienile ce la mettiamo o no?».

«Vattelo a prendere nel culo Mancino».

Capita sempre così, il Mancino ne sa sempre più dei carabinieri, su tutto. Potrebbe chiedere a lui le informazioni su quello che è successo. Ah no, mi scusi, il Mancino ha cominciato a dipingere nel '46, almeno due anni dopo quel fatto di Rosetta. Prima, quando aveva ancora il braccio destro, non era capace di fare un cerchio con un imbuto. Poi nel '46, a luglio, un pomeriggio va a fare il bagno al lago della Fertà e vede una scatola di metallo sul fondo. Dice che sembrava una di quelle scatole di surrogato, di surrogato di cioccolato che gli americani buttavano giù dagli aerei. E invece era una bomba a mano. Il vero miracolo fu che gli portò via solo il braccio destro. Allora lui con la sinistra disegnò quel quadretto che vede lassù, quello con la bomba che scoppia sott'acqua.

Da quel giorno non ha più smesso di disegnare quadretti. Qui di miracoli ne capitano tanti, forse perché capitano tanti incidenti. La bomba che portò via il braccio destro al Mancino non era lì per caso. Era di quelle che i partigiani usavano per pescare le trote al lago della Fertà, quando erano nascosti all'Alpe del mese d'Agosto. Il Mancino è convinto che la sua bomba l'abbia tirata Mini, cioè Domenico 'd Luis, perché tra tutti era il più incapace ed è normale che non gli sia scoppiata. Dice che appena lo vede glielo stacca a morsi il braccio destro. Ma Mini è andato di là dal colle nel '45 e non ha nessuna intenzione di ritornare, sempre se è ancora vivo. Forse dovrebbe andare anche lei di là dal colle perché tutti quelli che le interessano sono là, ma forse non può, già di là è Francia.

Lo sa perché l'Alpe del mese d'Agosto la chiamano così? Perché è così in alto che ci si va solo d'agosto, quando le bestie hanno mangiato tutta l'erba in basso. Beh, forse c'era arrivato anche da solo. «Ave Maria» su ripeta anche lei, se no non speri poi che don Celestino l'aiuti.

Le pareti della chiesa sono coperte di ex-voto, i quadretti dei miracolati come li chiama il sindaco. Sono tempere, acquerelli, qualcuno ad olio. Le immagini sono semplici, vorrei quasi dire naïf, ma ormai è un termine abusato. In ogni modo contrastano con gli affreschi barocchi della volta e con le dorature dei finti capitelli. Mi sarebbe piaciuto vedere questa chiesa prima della "barocchizzazione". Ho letto che il campanile, di pietre a secco, è anteriore al mille: lascia immaginare un interno senza intonaco, freddo e scuro come le abbazie del Nord. Solo il pavimento di pietre grezze si è conservato intatto, ma anche la volta in legno reclama la sua antica nudità. Nelle scriminature tra le tavole, l'intonaco posticcio dell'affresco comincia a fendersi e, di tanto in tanto, da quel cielo coperto di stelle e di santi, piovono riccioli di vernice azzurro cupo.

Non mi dispiace che mi abbiano mandato quassù in montagna, però avrei preferito venirci d'estate. D'altro canto si sapeva da mesi quello che c'era da fare e anche chi se ne sarebbe incaricato: «Vada lei» dice il capo «vada lei che la sua famiglia è di lassù». Cosa importa se in questa terra degli avi io non ero mai venuto, se qui non conosco nessuno e nessuno mi conosce? Ero preparato a venire qui, si stava solo aspettando l'occasione propizia ed ecco che quella arriva proprio a metà novembre: muore una mia lontanissima parente. Certo che questo funerale è un buon pretesto per giungere in paese, ma dopo cosa dirò? Come giustificherò la mia permanenza qui? Ci penserò, forse non vi sarà bisogno di fermarsi a lungo, forse scoprirò tutto in due giorni.

È bello, di tanto in tanto, riuscire ad illudersi. Illudersi che sia possibile trovare l'assassino di quella Rosetta; e il modo, i tempi e il movente di un omicidio avvenuto tanti e tanti anni fa e magari anche farlo in fretta. E pensare che non ho neanche scoperto perché si riapra il caso a distanza di tanto tempo e perché non lo si affidi ai carabinieri della zona. Certamente è stato un ordine dall'alto, ma quanto in alto? Il prefetto? Un deputato? Il Presidente della Repubblica? Il Papa? Inutile pensarci. Rispettare la consegna della massima discrezione! L'unico che sa del vero motivo della mia presenza è questo sindaco logorroico che parla senza posa mischiando italiano e patois. Un raccontare inarrestabile di persone, fatti, situazioni; una giostra da far girare la testa. Eppure non ho altra via, i suoi discorsi sono l'unico sistema per ricostruire cosa avvenne in quell'anno che uccisero Rosetta: solo di lì ci si potrà muovere per capirci qualcosa. Posso solo ascoltare. «Ave Maria».

Quella laggiù è la tomba di Rosetta, ma ci passeremo dopo. Anche quelle intorno sono tutte tombe del '44. Tante, troppe in quegli anni. Quasi tutti erano amici di Rosetta. Là, ad esempio, c'è Toju 'dla Toj; in tempo di guerra aveva nascosto un ebreo: Avigdor si chiamava, era uno della città. Quando c'era aria di rastrellamento Toju chiudeva Avigdor nel crotin dietro una stagera. Una volta i rastrellamenti durarono quattro giorni e Avigdor venne fuori con la polmonite. Toju voleva molto bene a Avigdor e quella volta gli cercò le medicine a borsa nera per tutta la valle: niente da fare. Allora andarono a chiamare la Idina. Ci son volute più di sei persone per portarla su fino alla Toj.

Prima di quella volta erano pochi quelli che avevano visto Idina lontano dalla sua casa. Era sempre seduta davanti alla porta, estate e inverno. Certo non poteva aver freddo con tutto quel grasso addosso. Non poteva neppure chiudere le gambe tanto erano grasse, sembravano il collo di un vitello.

Quando sedettero Idina davanti al letto, Avigdor stava già tirando le calzette, ma dopo quattro "applicazioni" era senza febbre. Idina prendeva le foglie di castagno e le faceva bollire in acqua e aceto fino a consumare, poi aggiungeva qualcosa che sapeva solo lei e spalmava la poltiglia fumante sul petto del malato. Funzionava sempre, qualsiasi fosse la malattia.

L'unico con cui non andò bene fu Rensin, quello sepolto laggiù in fondo, vicino al muro. Ma lui il petto non ce l'aveva neanche più: era stato schiacciato da un tronco. Una mattina era andato a fare legna in un suo bosco sopra il Bec Ceresin. Tagliava i castagni e li faceva rotolare in fondo alla scarpata, vicino alla strada. Alle undici non si sentivano più gli alberi cadere, ma Rensin non era tornato a casa per pranzo. Pensarono che si fosse fermato a bere agli Amici, ma alle tre il figlio più piccolo di Mini 'l marghé, lo trovò in fondo alla scarpata con un tronco sul torace. Era ancora vivo e provarono con le applicazioni della Idina, ma non servì a niente. Era rimasto agganciato a un tronco ed era rotolato anche lui nella scarpata. Mentre rendeva l'anima continuava a ripetere il nome di Genio, suo fratello che sta oltre il colle, in Francia. Probabilmente voleva chiedergli perdono per tutti quei litigi al tempo dell'eredità, solo che il giorno dopo Pantera andò a dire a tutti che aveva visto Genio e Rensin insieme nel bosco verso le undici, ma Pantera è un ubriacone, non c'è da credergli. Anche Rensin era amico di Rosetta, già, ma forse a lei interessano di più quelli vivi. Là ce n'è uno: Maciste, il macellaio. A vederlo così, col vestito nero della festa, sembra normale vero? Solo i bottoni della giacca gli tirano un po', perché per tanto che glielo allarghino, l'abito da sposo di suo padre gli è proprio stretto. Quando è al macello però è un'altra cosa. Maciste uccide un vitello con un pugno. Con una mano gli tiene ferma la testa prendendolo per le corna e con l'altra lo colpisce un po' sopra gli occhi. Un colpo solo è sufficiente: ecco perché lo chiamano Maciste.

Dovrebbe vederlo, petto nudo, pantaloni corti e zoccoli, col grembiulone di tela cerata che gli arriva fino alle ginocchia; un vero Maciste, come quello che ho visto una volta al cinema giù in città. Quello con la giacca marrone invece è Giovanot, nel suo mestiere è il migliore. Mette su un tetto di lose in due giorni. È un lavoro difficile, lo faceva anche il mio povero padre. Le lose devono essere appoggiate una sull'altra in maniera che ognuna tenga ferma quella che le sta sotto, ma bisogna appoggiarle solo di quel tanto che basta, se no ce ne vogliono troppe e le travi non reggono. In tempo di guerra Giovanot era in montagna con gli altri. Voglio dire con Maciste, con Mini 'd Luis e con Gnasio, cioè Ignazio dal Pont. Erano partigiani insomma...

Ma ecco lì le due sorelle. Lì nella tomba, non in giro. Sto parlando della Rosetta e di sua madre. Le tombe sono una vicina all'altra, ma guardi le fotografie, sono uguali, sembrano proprio due sorelle. Sono morte alla stessa età: ventidue anni.

La madre è morta di parto quando è nata Rosetta: povera Irma. Chi se la ricorda bene dice che sembrava ancora una bambina, ma sa, qui da noi nei fienili ne succedevano già allora di cose! E così si era sposata di corsa. La notte in cui partorì, il marito non c'era. Era su all'alpe; ma poi chi se lo aspettava che nascesse settimina. Ad assisterla c'era Fede che aveva aiutato a nascere tutti i bambini del paese, ma quella volta qualcosa andò male.

Quando andarono a dirlo a Piero che era diventato padre e vedovo nello stesso tempo lui non rispose niente; solo fece uscire tutti dalla grangia. Lo aspettarono fuori ma dopo tre ore, non vedendolo uscire, entrarono: era disteso sotto il tavolo mezzo coperto dai fiaschi che si era scolato.

Piero, il padre di Rosetta, è sepolto più in là. È morto dopo due anni dalla nascita della figlia, ma la sua storia gliela racconto un'altra volta che adesso è ora di andare.

Forse se mi fossi laureato in chimica oggi non sarei qui. Invece iniziai filosofia, poi lettere, poi giurisprudenza. Poi arrivò Anna e subito la bambina. Era venuto il tempo di smettere di giocare a fare lo studente, occorreva lavorare, fare il soldato. Entrai in polizia: ci sono rimasto.

Almeno fossi stato laureato in chimica oggi sarei alla scientifica. Quello è un lavoro serio, si opera sulla realtà, quella vera: dati, formule, molecole, impronte. Vorrei che fosse così anche qui. Ma quali perizie si potrebbero mai fare su di un corpo che nutre di sé la terra da tanti anni. Neppure allora, quando Rosetta morì, fu possibile fare qualcosa: era il '44, un morto più, uno meno... L'indagine si chiuse in tre giorni: "Uccisa da ignoti appartenenti alla resistenza a causa di presunte collaborazioni con il comando tedesco". È probabile che le cose stiano realmente così. Dovrei far riesumare il corpo, esaminare i proiettili, ma c'è il problema della massima discrezione. E allora non mi resta che affidarmi al sindaco e rinunciare alla realtà. Sì perché le parole del sindaco non raccontano la realtà, la costruiscono. O forse sono io che non so cogliere le strutture del suo reale, i criteri di pertinenza dei fatti. Sono io che costruisco con il suo raccontare, che cerco di racchiudere negli schemi del credibile il suo mondo possibile.

La verità è che non possediamo lo stesso vocabolario. Sì certo le parole sono le medesime, ma rispondono ad un diverso repertorio di situazioni e di stati d'animo. In mancanza di un unico universo di riferimento ogni catalogo di fatti, reali o immaginari, perde di valore.

Adesso bisogna andare a bere, l'ha ben presa la pagnotta, no? È un uso che c'è qui da noi: quando finisce il funerale la famiglia del morto si mette sul cancello del camposanto e dà una mica a ciascheduno. Poi le donne tornano a casa e gli uomini vanno a mangiarsi il pane in osteria bevendo. Cosa vuole, è la tradizione. In tempo di guerra Carlo buonanima, il panettiere, faceva il pane di polenta pur di non farlo mancare ai funerali e la gente non mancava mai al cimitero perché con il pane della tessera si mangiava poco.

Beva, beva, ma si metta più vicino al tavolo che se no Teleferica non ci passa. È dall'inverno del '22 che Teleferica è su quella sedia a rotelle, ma beveva già da prima, oh se beveva. Lavorava al Truc, nella stazione di cambio della teleferica e d'inverno rimaneva isolato anche tre mesi di seguito. Il Truc è quello sperone di roccia che c'è sotto la Punta della Croce. Lì si incontrano il vallone del Ru e quello del Bramafam e fanno un angolo. Siccome però la teleferica non può fare le curve, ci vogliono due tronconi per portare la legna dal Ru al paese e in mezzo ci vuole una stazione dove spostare il legno da un troncone all'altro. Teleferica faceva proprio quel lavoro lì. Si capisce che a stare sempre solo ha iniziato a bere. Quando d'estate, che non è stagione di legna, Teleferica veniva giù in paese, tutti lo prendevano in giro: «Teleferica» dicevano «che verso fa la tua morosa?» e poi in coro facevano il verso della capra. Non è mica vero che lui se la faceva con le capre, ma sa, immaginarselo tutto solo, la gente è cattiva. Gli mandavano su i viveri con il carrellino del legno.

Lei sa come funziona la teleferica? Glielo spiego. Ci sono due cavi d'acciaio tesi e fissi. Su quelli scorre il carrellino del legno da una parte, e il bidone dell'acqua dall'altra; carrellino e bidone sono uniti da un cavo che passa sulla ruota della stazione in alto e sono messi in modo che quando il carrellino è a valle il bidone è a monte, e viceversa. Per portare la roba alla stazione in alto occorre che il bidone sia a monte, lo si riempie d'acqua ed il suo peso tira su il carrellino pieno di roba.

Facevano così per dare da mangiare al povero Teleferica.

Nell'inverno del '22 dicevamo, nevicò così tanto che nessuno si poteva più muovere sulle montagne, ma quel che è peggio è che per il gelo o per chissà che cosa, la ruota della teleferica in alto si ruppe in due pezzi, come se fosse stata di vetro. Teleferica rimase così più di due settimane senza poter tirare su i viveri. Un pomeriggio, Luis, il padre di Mini, che stava spaccando legna alla stazione a valle, sente un rumore sul cavo d'acciaio e subito vede arrivar giù il bidone con Teleferica aggrappato sotto.

Per la gran botta rotolò tanto che lo ritrovarono nel prato della Idina, che è cinquanta metri più sotto. Aveva perso coscienza, quella poca che il vino gli lasciava, però era vivo. Quando, tre giorni dopo, si svegliò, scoprì che non avrebbe mai più potuto usare le gambe. Tutti si sentirono un po' in colpa per non essere riusciti a mandargli da mangiare, allora fecero una colletta e gli fecero venire la sedia a rotelle dalla città. In primavera andarono su alla stazione di cambio e scoprirono che Teleferica aveva tome da mangiare per un mese: aveva finito il vino!

E così sa anche la storia del nostro paralitico. Nei primi tempi, quando non era sempre ubriaco, Teleferica andava a trovare l'altro paralitico, Piero, il padre di Rosetta, ma lui è durato poco dopo l'incidente. Gliel'ho detto no che è morto paralitico?

Che brutta fine, povera famiglia! E la fine più brutta l'ha fatta proprio la Rosetta, l'avesse vista con la nuca sfondata! Sì perché non fu un colpo di pistola, quello l'avevano scritto i carabinieri per fare più alla svelta. «Uccisa con un colpo d'arma da fuoco alla tempia, probabilmente per metterla a tacere», così aveva detto il maresciallo. Poi l'aveva fatta portar via subito e a me e a don Celestino, che eravamo gli unici due ad averla vista, ci disse di dimenticare tutto. Adesso però sono passati tanti anni, anche se ricordo non c'è niente di male...

Alcuni uomini erano lì, in piedi, disposti a semicerchio, armati ma senza divisa. Certamente erano partigiani, anzi, uno di loro lo riconoscevo: Giovanot. Proprio questi chiamava gli altri per nome e ognuno rispondeva «Presente!»: «Mini 'd Luis» «Presente!», «Gnasio» «Presente!». Dal folto del bosco intanto arrivava Maciste trascinandosi dietro una ragazza ed un toro enorme. Maciste ha guardato il toro che pareva ipnotizzato e poi gli ha vibrato un pugno in mezzo agli occhi. Il toro è stramazzato e gli altri partigiani hanno applaudito impazzendo di gioia.

Nel frattempo Teleferica si era fatto mettere delle carrucole sulla sedia a rotelle e con quel carrello passava su e giù per i cavi d'acciaio tesi sopra le teste dei presenti, versando vino e ridendo. La ragazza è stata buttata a terra nel semicerchio e, una volta ucciso il toro, Maciste l'ha afferrata per il collo come se fosse un gatto appeso per la collottola. Ad un segnale di Giovanot, che doveva essere il capo, tutti gli altri hanno cominciato a battere il piede sinistro e a ritmare: «Spia, spia, spia». Si vede nitidamente il pugno di Maciste che si ferma un attimo in aria e poi cala come un maglio sulla nuca della ragazza che rimane al suolo senza vita. Dall'alto Teleferica, che ha fatto più frequenti i suoi passaggi, versa vino e grida: «Bevi Rosetta, bevi...».

A questo punto mi sono svegliato.

Si dorme male all'Albero Fiorito? Ci ha due occhi!

Eh, certo che quando c'era Maria alla locanda della Posta era un'altra cosa. Si mangiava il riso con la toma, quello con tutti i fili che pendono giù dal cucchiaio, servito nelle scodelle di metallo: quelle che le aveva portato il marito quando era in guerra. La grande guerra intendiamoci. La volta che venne giù dal fronte con le scodelle fu l'ultima che lo videro, poi sa, un cecchino... e la povera Maria subito vedova dopo neanche due anni di matrimonio. Sarà per questo che la locanda della Posta era così frequentata, per la storia della coperta.

Via, non faccia il nuovo, lo saprà anche lei cos'è la coperta, solo che come Maria ne avrà viste poche. Eh, la Maria ne ha fatti impazzire di uomini, ma non lo faceva per i soldi: era generosa lei. Bastava chiedere una coperta in più e arrivava lei con quelle sue poppe da allattare tutta l'artiglieria da montagna. Poi un giorno è arrivato uno dalla città, ha dormito tre notti in albergo e il quarto giorno Maria ha chiuso tutto ed è andata via con lui; da allora è rimasto tutto così. Da dentro hanno portato via i mobili un paio d'anni più tardi, ma per il resto nessuno ha più toccato nulla. Ecco, guardi là, c'è ancora l'insegna.

Ancora due passi e siamo arrivati.

Questo è il posto. Quando l'ho vista io Rosetta era distesa qui. Il corpo era sul sentiero, ma la testa pendeva sulla bialera. Io stavo andando a pescare, con la canna, non con le bombe! Io, dicevo, stavo andando a pescare al fiume perché pioveva e era giornata buona per le trote.

Il posto migliore è laggiù tra i castagni, prima del canale per la centrale, in quel tampone che si vede anche da qui. Ci sono le trote più grosse di tutta la valle. Ma forse di pesca sarà meglio parlarne un'altra volta.

Allora, la Rosetta stava proprio qui, di traverso sul sentiero coi piedi quasi appoggiati al portone del castello. Anzi, sembrava che fosse appena uscita di lì e che fosse inciampata sul gradino. Ma certamente non era così perché quel portone già allora era chiuso da almeno dieci anni. Vede la serratura com'è arrugginita? Qui tutto si è fermato da quando è morto 'l soculé, sì perché questo è il castello del soculé.

Se ci riesce guardi dentro dai vetri. È pieno di zoccoli ancora da finire. 'l soculé ci lavorava solo d'inverno perché d'estate badava alle bestie. Solo nell'estate del '23 avevano fatto zoccoli, ma era Piero, il padre di Rosetta, a intagliarli. Era l'unico mestiere che uno paralizzato poteva fare qui in paese. Avevano anche cercato di fargli fare qualcosa in municipio, ma sa, il povero Piero non sapeva né leggere né scrivere. Fin da piccolo era andato ai pascoli, poi alla cava di calce su al Beth, poi ancora all'alpe e alla fine anche alla fornace per qualche mese prima dell'incidente. Eh, ne aveva fatti di lavori. A fare gli zoccoli qui al castello era diventato in gamba, a volte stava chiuso lì dentro fino a notte fonda.

Mi piacerebbe farle visitare il castello, ma come le ho detto è chiuso da tanto tempo. Gli eredi del soculé sono venuti giù solo una volta per andare dal notaio. Anche loro stanno di là dal colle. Io il castello l'ho visto di sfuggita perché 'l soculé non faceva entrare nessuno ed è un peccato perché le stanze di sopra sono piene di pitture sui muri. Lo sa che qui ci ha dormito anche il Conte Rosso? Sissignore, il Conte Rosso di Savoia insieme a un bel gruppo di soldati che gli servivano per combattere i tuchini e quelli del Canavese, i libri di storia non lo dicono, ma qui sui registri della parrocchia dovrebbe esserci scritto, peccato che don Celestino tenga sempre tutto chiuso. A me la storia l'ha raccontata uno dei Genta, uno che ha studiato parecchio. Mi diceva di averla trovata tra gli appunti di un suo antenato e c'è da credergli perché i Genta sono sempre stati una famiglia importante. La canonica di qui l'ha fatta costruire uno di loro, Giovanni Antonio Genta che è stato parroco ai primi del Settecento; in chiesa c'è ancora la sua lapide. Sono originari di queste parti, ma la fortuna l'hanno fatta in città: il fratello di don Genta era orafo e aveva talmente tanti soldi che, oltre alla canonica, ha fatto costruire a sue spese la cappella di San Barnaba, la prima che si incontra entrando in paese.

Oh, ma come è pallido! Capisco, l'acqua della bialera è diventata rossa: è sangue sa. No, mica sangue umano: è Maciste che lava il macello. È quella casa lì, quella bassa proprio a fianco del castello. Si vede che ha già ammazzato il figlio della Nina; ho visto Mini 'l marghé che glielo portava giù stamattina.

Che vacca la Nina, è la più bella bestia del circondario. È la seconda volta che vince la battaglia delle regine. Tira certe cornate alle altre vacche! Dovrebbe vederla, anzi, se domenica è ancora qui ce lo porto io a vedere la battaglia; la fanno per la festa della cappella del fiume, quella che c'è giù all'inverso sulla rocca vicino al ponte. Il prevosto ci dice messa solo il giorno del santo, il 28 novembre. Gli altri giorni, anzi le altre notti, la messa la dice il Pretino: Giò Batta dei Colombo. Dice messa ogni notte e tutta la sua famiglia si comunica e poi tornano tutti a casa in processione. Sono morti tutti insieme, Giò Batta e la sua famiglia, intendo. Nel 1685, l'anno dell'alluvione. Se lei guarda là, vicino al tampone delle trote che le ho indicato prima, vede una fila di betulle, dopo le betulle c'è un prato e in mezzo al prato delle grange senza il tetto: quella è la Ca' dei Colombo. Quando venne la piena erano tutti in casa a dormire, tutti tranne il più giovane, Didero. La mattina dopo non si vedeva più né il prato né la casa. Era tutto allagato e quelli dentro erano morti tutti, padre, madre i dodici fratelli, le mogli e anche Giò Batta che studiava da prete e che era tornato a casa solo per due giorni. Si salvò solo Didero che, non si sa perché, aveva passato la notte sulla rocca del ponte. Fu lui a costruire la cappella del fiume, proprio lì sopra, per voto.

Da quando il priore consacrò la chiesa, ogni sera ventun fuochi partono da Ca' dei Colombo, vanno alla cappella, prendono messa e tornano su per il sentiero dell'inverso. Ma non è che tutti li possano vedere. Se li vedi vuol dire che hai l'anima pura e che è ora che tu lasci questo mondo, un po' come quando si sentono i cani piangere o si vedono le stelle filanti. L'ultima che li vide fu Idina: due giorni dopo la portavano al cimitero e ci vollero dieci persone per calarla nella fossa.

Le è piaciuta la storia? È una delle quintes che si facevano nelle stalle. Una volta la gente ci credeva, anche perché la faccenda dei Colombo è successa davvero.

L'acqua della bialera è tornata pulita. Certo che impallidire così per un po' di sangue. Lo sa che lei è ben strano come poliziotto? Oh, mi scusi, non dovevo dirlo, ma tanto qui non ci sente nessuno.

La mente del sindaco è un oscuro meccanismo nel quale entrano dei fatti ed escono delle storie. Tutto si rimescola, si sminuzza e si ricompone: leggende, fiabe e persino la Storia, quella con la "S" maiuscola, tutto viene trattato allo stesso modo. Ma forse non è tanto diverso da quanto capitava a me. Io che mi gettavo disordinatamente sui libri di storia, ma che poi rimasticavo date e avvenimenti senza comprenderne il significato, l'essenza. Forse non mi interessava veramente studiare, forse era solo un ridicolo tentativo di tenere il passo con mia moglie che scriveva un saggio dopo l'altro e che sentivo allontanarsi di giorno in giorno. La storia era il mio alibi, il mio asilo. Facevo collezione di fatti minuti; c'era sempre un evento, un incontro, un trattato nascosto nelle pieghe delle vicende più note, che mi permetteva di inserirmi nelle sue conversazioni con i colleghi. Non mi accorgevo che le mie storie piccine stavano ai loro discorsi come gli aneddoti della Settimana Enigmistica stanno all'Enciclopedia Britannica. Fuggivo le grandi teorizzazioni e mi rifugiavo nella compiutezza delle vicende poco conosciute: dei pensatori conoscevo solo la biografia, dei re le debolezze sentimentali, delle battaglie la data e l'ora, ma non le cause.

Ed oggi sono qui a scoprire di non saperne poi tanto di più del sindaco, di un vecchio montanaro che mescola il tuchinaggio con le leggende di fantasmi.

Chissà se è vero che il Conte Rosso ha dormito qui? L'ipotesi non è affatto assurda.

Siamo nella primavera del 1387.

Forti dell'appoggio del marchese di Monferrato, i conti di Masino, di Valperga e altri piccoli feudatari entrano in lotta con le casate fedeli ai Savoia. Non hanno molti mezzi, né economici, né militari, ma sanno sfruttare le occasioni propizie. E queste vengono dalla Francia. Da cinque anni c'è un incendio che si sposta da nord a sud. Prima Rouen, nel 1382, poi Parigi cadono nelle mani dei ribelli, dei Maillottins. Nel Midi l'insurrezione arriva più tardi, ma la sua forza è ancora maggiore: in Provenza i Tuchins saccheggiano e danno alle fiamme castelli e palazzi. A partire dal 1386 bande di Tuchini cominciano a scorrazzare per il Canavese. Si diffondono voci sempre più fosche: Margherita di Montalenghe è stata torturata e uccisa, stuprata una signora della casata di Castellamonte. Ormai i conti di Masino danno apertamente ospitalità ai banditi, la loro ribellione è definitiva.

Ai primi di giugno dell'87 Amedeo VII *di Savoia, il Conte Rosso, passa al contrattacco. Occupa Corio e Balangero che erano cadute nelle mani del Monferrato e attende di poter sferrare l'attacco finale verso Masino e Ivrea. Ha con sé una compagnia di mercenari bretoni e alcuni soldati inviatigli dal re di Francia e dal duca di Borgogna, ma non si sente sicuro nel basso Canavese. I Tuchini non hanno del tutto terminato le loro scorribande, meglio spostarsi in una zona più calma, risalire la valle. Da Balangero a qui non ci sono più di quaranta chilometri, ma la situazione è decisamente differente. La valle è stretta e facile da controllare e per di più sottoposta ad un castellano francese, così come avevano voluto i valligiani per sbarazzarsi dei nobili piemontesi che interferivano con i loro traffici.*

In paese non c'è che qualche casa, e una sola può ospitare il conte. È un grande edificio in pietra, come tutti gli altri, ma in alto ci sono delle bifore e delle terrecotte decorate: lo chiamano il castello. I bretoni sono accampati nei prati, alcuni di loro sono di guardia su una piccola torre che non resisterebbe al più improvvisato degli assalti, ma che consente una buona vista sulla valle: è così mal ridotta che normalmente ci stanno solo gli uccelli, per questo tutti la chiamano la torre dei colombi. I mercenari bevono grappa di ginepro e infuso alcolico di serpillo, ma sognano di essere a casa loro, in Bretagna, a ubriacarsi di sidro e di idromele. Amedeo forse sogna sua moglie Bona di Berry che da poco gli ha dato un figlio e che per l'occasione ha smesso le vesti brune e si è vestita di rosso in onore del marito. Forse tutti immaginano le nuove battaglie che li aspettano: qualcuno non tornerà dai suoi per fare vittorioso il Conte Rosso in tutto il Canavese, un conte che andrà a morire a trentun anni, in casa propria per un'infezione dovuta a una ferita di caccia o forse per i veleni di un medicamento contro la calvizie.

Certo, potrebbe funzionare, il Conte Rosso, potrebbe davvero aver dormito qui, ma anche se fosse vero? Cosa cambierebbe nella mia inchiesta?

Ha ragione il sindaco, sono troppo strano come poliziotto. Voglio riscrivere la storia medievale tutta da solo e poi non riesco a scoprire un solo elemento per il mio caso.

A meno di non voler seguire la traccia più evidente: Maciste.

Maciste partigiano, Rosetta spia. Maciste che uccide un vitello con un pugno, Rosetta con il cranio sfondato. Tutto come nel sogno, tutto che combacia. E ancora il macello di Maciste vicino al luogo del delitto. Magari in quel periodo il macello non c'era, ma è un segno. E l'acqua che si riempie di sangue proprio là dove è morta Rosetta? E proprio del sangue lavato da Maciste? Un altro segno.

Il sogno, il segno: costruisco congetture come sciarade. Eppure qualche pista devo pur seguirla, non posso seguitare ad ascoltare aneddoti e leggende senza nemmeno avanzare ipotesi.

Maciste, sospetterò di te, ti seguirò, ti costringerò a tradirti.

Buongiorno dottore. Certo che l'ha combinata grossa, eh! Onorina mi ha detto tutto. Come chi è Onorina, è la padrona dell'Albero Fiorito; mi ha raccontato di stamattina. Mi faccia vedere il braccio. Se lo è fasciato da solo, ha fatto bene. Una volta questi lavori li faceva Giovanin 'd Tinin, il comunista, quello che era stato picchiato dai fascisti. Era un mago in queste cose. Prendeva due rami del noce, quello della piazza del mercato, li ripuliva con il suo vernantino con il manico di corno e li metteva sulla gamba o sul braccio rotto. Poi legava tutto con una benda nera.

Adesso però Giovanin è rincoglionito, mi scusi la parola, e poi trema tutto: ha fatto proprio bene ad arrangiarsi da solo. Una volta però...

Pensi che è stato proprio lui a dare le prime cure al povero Piero, il papà di Rosetta, subito dopo l'incidente. Doveva vedere com'era ridotto poverino. Era caduto giù dal forno più alto della fornace, in piena notte. Lo hanno trovato la mattina dopo perché lui era l'unico che dormiva lì. Faceva anche da sorvegliante.

Quando sono arrivati gli altri era lì per terra con le due gambe spezzate. Era riuscito a trascinarsi via dalla fornace, chissà perché poi, ed è venuto a metà strada tra la fornace e la torre dei colombi.

Con la fasciatura di Giovanin le gambe di Piero si erano saldate benissimo, ma lui non è più riuscito a muoverle: era la testa che non era guarita. Eh, quando si batte la testa...

Ma a lei ci è andata bene, lo sa che poteva farsi molto più male?

Bisogna fare attenzione a quelle scale di legno, si scivola che è un piacere.

Adesso non ci pensi e si goda lo spettacolo. Guardi la Nina: che bestia, che forza. Lo sa che le vacche che non colpiscono bene vengono squalificate. Devono combattere solo corna contro corna se no si fanno male e perdere una vacca come la Nina per una cornata sarebbe proprio da badola.

Per la monta della Nina vanno a prendere il toro fino alla Toj. Il toro di Miclin 'd la Toj, il fratello di Toju, quello dell'ebreo Avigdor. È una bestia enorme, quando lo chiudono nella stalla con la Nina si sentono i muggiti fino agli Inversetti e le vecchie sospirano. Il giorno dopo don Celestino ha un bel po' da fare a confessarle. Ma a lui in fondo ci va bene perché quando ammazzano il figlio della Nina, il filetto è riservato al nostro reverendo parroco. E allora poco male anche se lavora un po' di più per via di quei muggiti. Potessi mangiare io di quel filetto, ma non c'è verso di convincere Maciste a darmene. «Date a Cesare quel che è di Cesare e a Dio quel che è di Dio», così mi dice quello lì. Come se la coscia di quel vitello andasse direttamente nella pancia del buon Dio e non a ungere il muso di don Celestino.

Ma eccolo là il nostro macellaio, chissà cos'ha da guardarci così.

Almeno il sindaco l'ha bevuta quella del mio scivolone di questa mattina. Oltre al dolore bisogna anche mettere su la commedia perché nessuno sappia com'è andata.

Ma adesso perché non fai nulla, perché mi guardi da lontano e non dici niente? Tu sai benissimo cosa è successo questa notte. Potresti denunciarmi ai carabinieri: in fondo mi hai sorpreso mentre uscivo da una finestra di casa tua. Non credo proprio che ti fermi il fatto di avermi piegato il braccio dietro la schiena; anche i carabinieri ti conoscono: capirebbero subito che non hai voluto farmi del male davvero, se no mi avresti steso con uno di quei pugni con cui uccidi i tuoi vitelli.

Allora cosa ti trattiene? Pensi di sbagliare persona? Anche se questa notte era buio, lo sai che sono stato io. Guarda, c'è tutto il paese. Sono venuti anche da fuori per vedere la battaglia delle regine, eppure c'è una sola persona con il braccio appeso al collo: io.

Certo che sarebbe divertente se fossi tu a denunciare me: l'indiziato che accusa l'investigatore. Indiziato poi di cosa? Da te di indizi non ce n'era neanche uno. O forse non sono stato capace di trovarli. Già, ma tu non lo puoi sapere ed è per questo che mi osservi cattivo puntandomi ad-

dosso quei tuoi occhi bovini; credo di sapere come si può sentire una vacca specchiandosi lì dentro prima di crepare sotto i tuoi colpi.

Hai paura che io abbia scoperto tutto, ecco perché tanto guardare.

Vaniloqui, ecco cosa sono i miei potenti strumenti di indagine, le mie argute deduzioni, nient'altro che vaniloqui. Attribuisco agli altri i pensieri che vorrei avessero e poi li interpreto e recito io tutte le parti in gioco, come il guitto nella commedia dell'arte.

Continui a guardarmi eh! Sempre più torvo. E allora dai, fai quello che non sei riuscito a fare stanotte. Lo so che me lo avresti spezzato il braccio se non fossi riuscito a sgusciarti tra le mani. Adesso puoi venire qua e rompermi la faccia, cosa aspetti? cosa nascondi?

Se continua con questo vento i cani rimarranno senza fiato, muti come quelli del Pantera, che adesso è diventato quasi muto anche lui.

Alpininrussia invece la voce non la perde mai. «Alpininrussia» basta fargli «vieni qua». E lui strascina le gambe fino a te, ti guarda di traverso e poi attacca a parlare.

Dice sempre le stesse cose: «Camminare notte e giorno. Tu giovanotto non sai cosa vuol dire camminare notte e giorno nella neve, con gli scarponi bucati. E no giovinotto, tu a me non mi devi prendere in giro, perché io ho fatto la guerra. La guerra con gli alpini in Russia, sì gli alpini in Russia. "Sì signor tenente, no signor tenente, agli ordini signor tenente". Trenta gradi sotto zero. Alpini in Russia».

La cantilena è sempre uguale da quando ha iniziato a bere.

Il vento porta a spasso i rumori. È l'unica cosa bella del vento.

Qui, la sera gli uomini, se non vanno all'osteria, si mettono a suonare. Quelli che non hanno più da far funzionare l'altro strumento, naturalmente. Riprovano le marce e i ballabili della banda, ciascuno nella sua stalla che fa più caldo. Ma poi il vento mischia tutti gli strumenti e così sembra che suonino tutti insieme pezzi diversi.

Qui siamo vicini alla casa di Onelio. È quella là sull'alto; si vede solo il finestrotto della stalla che è illuminato appena appena. Noi qui adoperiamo solo le lampadine da quindici candele, tanto i più vecchi sono abituati che la luce non ce l'avevano, almeno prima che costruissero la centrale.

Una volta, là dove c'è la centrale, venivano giù le cascate del rio Bramafam, poi un giorno sono arrivati dalla città quelli dell'azienda elettrica. Erano in quattro su una Balilla, avevano la giacca e la cravatta e uno aveva anche tutti i distintivi del fascio; e poi erano tutti belli impomatati, specie quello più giovane che lo chiamavano ingegnere. Hanno parlato col sindaco di allora e poi sono andati dal Pantera, che allora non beveva ancora e aveva appena ereditato da suo padre i prati del Bramafam.

La scena me la ricordo bene perché io ero a pescare nel tampone proprio lì vicino ai prati di Pancrazio. Pantera era lì che spalava letame e i quattro, con il sindaco, sono andati a parlargli. Non che io sentissi cosa si dicevano, ma dopo un po' Pantera si è messo a urlare con il sindaco, perché gli altri il patois non lo capivano. E gridava che le vacche avevano bisogno di fieno e non di quattro soldi di carta e che lui quei prati non li vendeva, che se ne tornassero pure in città.

Sentito così, quello coi distintivi del fascio ha preso il Pantera da dietro e l'altro, quello che guidava la macchina, gli ha dato due pugni ben piantati nello stomaco; poi l'hanno sbattuto a faccia in giù nel mucchio della merda e ce l'hanno lasciato. Dopo due mesi hanno cominciato a spianare i prati di Pancrazio e a mettere i tubi sulla cascata del Bramafam e alla fine ci hanno fatto la centrale. Sulle turbine c'è ancora scritta la data di costruzione: anno dodicesimo.

Già, ma le stavo parlando di Onelio, il vedovo di Idina. Suona il basso in Si bemolle, lo strumento che tira tutto l'accompagnamento. Adesso si sente: pum, pum, pum. Mi pare che stia suonando *Cielo stellato*: è un valzer. Onelio è anche il maestro della banda, ma siccome quando suona è quasi tutto coperto dal basso, deve dirigere con la testa; fortuna che è pelato e che la testa gli sberluccica, così si vede bene. Se suonasse il basso in Fa, quello rotondo con la campana che esce da dietro la schiena, almeno gli si vedrebbe la faccia. Invece no, lui continua con il suo basso in Si bemolle che tra tubi, pompe e campana lo nasconde tutto. Certo che però 'sto strumento ha proprio un bel suono. Onelio ha risparmiato tre anni per comprarselo e ha perfino preso il treno fino alla fabbrica per andare a prenderlo perché aveva paura che se no glielo bollavano nel trasporto: è un Rampone e Cazzani sa? Un basso così l'ho visto solo la volta che è venuta su la banda degli alpini dalla città.

Se adesso ascolta bene da dove vengono le note, riesce a vedere le case di Giovanot e di Gnasio, sono i due clarini della banda. Gnasio sta suonando *Corinto*, un altro valzer e Giovanot prova l'ultima curenta che abbiamo messo su.

Ma certo che è facile distinguerli. Il valzer è un tre quarti, un-pa-pa, e viene da quella finestra illuminata a destra, prima del bosco. La curenta invece è un sei ottavi e viene dalla casa di Giovanot, quella un po' a sinistra. A vederle così le due finestre con la luce sembrano gli occhi di un gufo, forse un po' vicine, beh un gufo strabico, cosa ne dice.

Giovanot e Gnasio non sono mai stati più lontani dello spazio tra le loro case. Da piccoli giocavano sempre insieme, anche perché erano stati allattati tutti e due dalle poppe della Grande Laura, la mamma di Giovanot, dopo che la mamma di Gnasio era morta incornata da una vacca. Poi sono stati partigiani insieme e ancora oggi sembrano due fratelli.

Che si sappia hanno litigato una volta sola e per la faccenda di Rosetta. Non si faccia strane idee, è stato molto tempo dopo che Rosetta l'avevano... insomma, che era morta. E tutto per colpa di quel ciucco di Teleferica.

Era una domenica e dopo messa Gnasio e Giovanot erano andati a farsi un quartino di bianco al bar Centrale. Gnasio si era messo la cravatta e l'altro giocava a corrergli dietro per tirargliela, solo che si inciampa e va a dare un colpo proprio alla sedia a rotelle di Teleferica, che era già lì che beveva dalla mattina presto.

Gliene ha dette di tutti i colori: «Lavativo, falabrac, buric. Sei di quelli che davanti te le fanno buone e poi te lo mettono nel culo. Diciamolo un po' al tuo amico Gnasio quello che gli hai fatto. Forse non lo sa che in quel periodo che lui parlava alla povera Rosetta, tu te la portavi nel fienile a controllarle la biancheria. Proprio tu, il suo amico. Neanche la vergogna di farsi sentire, già, tanto Teleferica è sempre ubriaco, non capisce mica».

Ci sono rimasti tutti di merda, perché erano anni che Teleferica non metteva insieme tre parole sensate e da allora non l'ha mai più fatto.

Certo che Gnasio se l'è presa molto male, ma poi, un po' l'amicizia, un po' che era passato tanto tempo e così hanno dimenticato tutto.

Beh, io adesso la saluto. Le insegno la strada per tornare indietro perché l'ho portata un po' su per i bricchi. Allora, lei torna giù di qua, poi arriva alla casa con l'edera fino al fienile, davanti al lampione, quella è la casa del Pantera. Di lì prende a sinistra e si trova dritto dritto all'Albero Fiorito. Stia bene attento, a sinistra e non a destra, se no va su per la mulattiera del colle.

Il colle, ecco dove stava andando Maciste poco fa, stava andando al colle. Se poi era Maciste. Ma certo che era lui, chi altri occupa per intero lo spazio del viottolo?

Anche il sindaco l'ha visto, ne sono sicuro; ma non ha detto niente, anzi, divagava lui! Mi distraeva con il basso in Fa, le curente e i sei ottavi, mi faceva vedere gli occhi del gufo strabico.

Sperava che non avessi visto Maciste, o almeno cercava di non farsi chiedere nulla: perché?

E non guardarmi così, con quegli occhi troppo intelligenti per essere lì per terra sotto il lampione acceso. Di sicuro sembri più umano del tuo padrone. Ti riconosco sai, sei uno dei cani del Pantera, uno dei leoni di pietra, quello scuro. Un cane umano.

E allora vieni qua, rispondi alle mie domande, Pallinov. Gli ordini che ho ricevuto erano chiari: «Della vicenda deve parlare solo con il sindaco, è una questione molto delicata, non deve chiedere nulla alle altre persone». Alle persone va bene, ma ai cani posso farle le domande, specie se hanno l'aria umana.

Allora Pallinov, rispondi, chi ha ucciso Rosetta? Cosa ci faceva Maciste sulla via del colle questa notte? Sembra che gli ubriachi siano i soli a sapere tutto in questo paese; allora il tuo padrone te ne avrà raccontate di cose, prova un po' a farmi capire. Su Pallinov, forza. O preferisci che ti chiami Poligraf Poligrafevic? Giusto, ti chiamerò con tanto di nome e patronimico: compagno Pallinov Poligraf Poligrafevic, ma guidami alla scoperta di un indizio, di una pista.

Ah, ti alzi, allora mi hai sentito!

No, non è possibile. Non so se sia più assurdo restar qui nella notte a parlare con un cane, o l'idea stessa di un cane sapiente. Non lo so.

Non lo so però ti seguo, tanto non ho nulla da perdere, e poi mi piacciono i cani.

Bravo, trotterella piano, così. Stammi vicino, se no con il buio che c'è ti perdo di vista tra un lampione e l'altro. Ecco finalmente. Ma dove mi hai portato? Questa è la torre dei colombi: poco più in là c'è la fornace dove lavorava il padre di Rosetta. Cosa fai adesso? pisci? Mi hai portato fin qua per pisciare sulla torre? Ti prenderei a sassate, cane di merda! Ti va bene che è quasi mezzanotte e non voglio fare troppo strepito. E fai anche con comodo, mi raccomando. Sposta anche la terra con la zampa, cane di mer... Spostala, spostala ancora, lì, vicino al muro. Dai cane piscione, spostala lì, dove c'è quell'incisione sul muro che viene fuori: due colombe con dei fiori nel becco e poi, più in là, un'iscrizione illeggibile. Solo una data è ancora decifrabile, MCCCLXXXVII, *l'anno della campagna di Amedeo* VII *contro i Tuchini.*

È incredibile, dopo tutte le mie farneticazioni pseudostoriche dell'altra sera, ecco un riscontro oggettivo. Quel-

lo che mi turba non è il fatto in sé, è il modo in cui questa verifica è venuta fuori.

In fondo non è così sorprendente che mettendo insieme in modo quasi sensato degli elementi reali si giunga alla costruzione di un quadro plausibile. Decisamente sconvolgente è invece che a pochi giorni dalla definizione di questo quadro sia la zampa di un cane a confermare la validità dell'ipotesi. Ma quale conferma in fondo, nient'altro che una data. Peggio che mai. Se l'iscrizione sulla torre non c'entrasse nulla con le vicende che io ho immaginato, sarebbe il caso che per due volte di seguito mi mette sotto il naso una data insignificante che potrei non pensare per chissà quanti anni, il 1387.

E io diffido del caso. È la mia unica superstizione. Quando due eventi improbabili si verificano sotto i miei occhi nell'arco di breve tempo, io lo interpreto come un segno di sciagura imminente. Ci sono ad esempio persone, città, fenomeni che conosciamo, ma ai quali non pensiamo da anni, completamente sepolti nella memoria; poi un giorno qualcuno ti nomina una di quelle cose senza un'apparente ragione e dopo poche ore, qualcun altro, in modo altrettanto gratuito e indipendentemente dal primo, te ne parla nuovamente. Non può essere un caso. Quando nomi come Ulan Bator, pacciamatura, Goffredo di Buglione, cadono sotto la tua attenzione per due volte in un breve periodo, non è una casualità, è che si stanno disponendo attorno a te eventi nefasti che prima o poi daranno i loro frutti.

Lo so che è assurdo, ma non riesco ad impedirmi di pensare in questo modo e peraltro i fatti non mi aiutano a cam-

biare atteggiamento. Erano anni che non pensavo più alle vicende del Conte Rosso ed ecco che tutto a un tratto le persone, le cose, persino i cani sembrano volermi parlare di lui. Esattamente come era successo l'altra volta, tanto tempo fa, quando lessi la breve biografia di Amedeo VII. *Quello che mi era rimasto più impresso era l'immagine di Bona di Berry che getta le vesti brune e si veste di rosso dopo la nascita del figlio. Avevo da poco terminato questa lettura quando fui inviato vicino a Pavia per un'indagine. Era verso la metà di maggio, ma faceva un caldo torrido e di tanto in tanto dovevo bere qualcosa per riuscire a sopportare quella canicola. Mi fermai a Valeggio, in un'osteria con i tavoli sulla strada. Lì intorno, la chiesa, quattro case, e una grande fattoria fortificata che mi assicurano essere anteriore al mille. Più in là nient'altro che risaie allagate, così che quel microscopico paese pareva un'isola ai confini del mondo. Cosa avrebbe potuto ricordarmi il Conte Rosso in un posto simile?*

Dalle finestre aperte di una delle case che si affacciavano sulla piazza usciva una voce di donna che cantava. Aveva l'aria di essere un'antica ballata, parlava di un re. «Re Gilardino l'è andà a la guera...» così iniziava. Ma giunto in mezzo alla battaglia re Gilardino rimane ferito e torna indietro per morire a casa sua. «...dalla sua mamma l'è andà a morire. Dalla sua mamma l'è andà a morire». La madre del re tiene nascosta la morte alla nuora che ha appena partorito un figlio, ma questa comincia ad accorgersi del dolore che affligge il castello. «O cara mama perché le lavandaie la piangon tanto. Pi bel linsoel l'han lassà scapé». Giunta la domenica la giovane regina vuole ve-

stirsi di rosso per celebrare la nascita dell'infante, ma la suocera la sconsiglia. «Ma le brunette stanno più bene». Ma appena sono davanti alla chiesa il curato si rivolge alla donna chiamandola vedovella, allora ella comprende tutto e chiede alla terra di aprirsi sotto i suoi piedi per raggiungere il marito, la terra si apre e la inghiotte.

La ballata si concludeva così, ma io non chiusi occhio quella notte. Immaginavo quali oscuri destini mi attendevano dopo che per due volte mi era capitato di sentire di quella strana contrapposizione tra abiti rossi e abiti neri per la nascita del figlio.

Qualche mese più tardi sentii la stessa ballata da una donna di Ivrea: per la circostanza il re aveva cambiato nome e si chiamava Arduino. In quello stesso periodo lessi un libro di fiabe e vi ritrovai la stessa storia in prosa: l'uomo, che era un conte, era qui diventato Angiolino e non moriva in guerra, ma alla caccia del terribile basilisco.

Devo dunque arrendermi al fatto che, di tanto in tanto, il caso mi porti alla mente la storia del Conte Rosso, una storia di cui in fondo non mi è mai fregato niente. E ancor meno è interessante per la mia inchiesta, almeno così, a prima vista. Il colle, quello sì sembra essere il nodo di tutto. Domani ci andrò, ora è meglio che ritorni in albergo.

Fino al colle è una gran camminata, ma le farà bene distrarsi un po'. Ci sono tante belle punte lì attorno: c'è la Becca di Nona, il Brich del Prete e tante altre, metà francesi e metà italiane. Io però in punta in punta non ci sono mai stato, noi del paese andiamo solo a portare le bestie su all'alpe, le cime le lasciamo a quelli della città, quei pochi. Una volta, fino alla guerra, veniva su la famiglia dei Traversa a fare la villeggiatura: padre, madre, tre fratelli e una sorella. Loro sì che le avevano fatte tutte le punte, erano benemeriti del Club Alpino, tranne il figlio piccolo naturalmente, quando sono venuti su l'ultima volta aveva solo tre anni.

Arrivavano a metà luglio dalla città, tutti e sei sulla "Quattordici", sì la 514 della Fiat, che macchina! Prendevano in affitto la Ca' Bianca, quella che dà sulla strada con le ringhiere in ferro e la meridiana. Una volta sono venuti su anche in febbraio. Si sono tirati dietro un codazzo di ragazzini urlanti: «Vanno a fare il fuoco! Vanno a fare il falò nella neve! Bruciano il carnevale» gridavano. Credevano che avessero portato delle assi per bruciarle e invece avevano gli sci, quelli lunghi di frassino con i bastoncini di canna; era la prima volta che si vedevano da noi.

Eh sì, i Traversa avevano sempre qualcosa di speciale da farci vedere, a partire dalla figlia, la Teresina. Era quasi sempre vestita da uomo e girava per le montagne con i fratelli e soprattutto con gli amici dei fratelli, non so se mi sono spiegato. C'era gente tra noi che avrebbe dato una palla... Oh pardon. Dicevo che c'era gente tra noi giovani di allora che avrebbe dato qualsiasi cosa per passare una notte con la Teresina. Ma a noi faceva finta di non vederci. Da quando l'avevano fatta madrina della bandiera poi, aveva montato su delle arie! Era stato quando era arrivato il Principe in visita al sesto reggimento Alpini che stava facendo il campo su ai Cornetti. Grande festa quella volta: hanno inaugurato l'asilo, la lapide ai caduti della grande guerra, il municipio nuovo... E lei, la Teresina, sempre lì vicino al Principe. Da allora non si poteva più parlarle insieme. È stato dopo quella faccenda che ha litigato con Rosetta. Da piccole erano molto amiche, anche se, quando giocavano alla scuola, Rosetta, che era più piccola di qualche anno, se le prendeva sempre dalla Traversa che faceva finta di essere la maestra. Erano amiche dicevo, ma un giorno, poco dopo la visita del Principe, la povera Rosetta fa l'errore di dire all'altra che si era innamorata di suo fratello più vecchio, sa, cose da ragazze. Non so bene come siano andate le cose perché a me le hanno raccontate, io ricordo solo Rosetta alla fontana che si lavava la faccia e gridava che un giorno o l'altro gliel'avrebbe fatta pagare. L'altra doveva averle detto che suo fratello andava bene per le cantanti d'opera della città e non per una patelavacche come lei, o qualcosa del genere.

Sono storie di ragazzine, avevano meno di vent'anni allora, ma è certo che negli ultimi tempi i Traversa non erano più ben visti come prima. Qualcuno dice che l'incidente alla fabbrica non è stato un incidente.

Deve sapere che quando in città hanno cominciato a bombardare, i Traversa si sono trasferiti qui portandosi dietro i macchinari della fabbrica. Li avevano sistemati in quella tettoia che c'è proprio dietro il suo albergo, dietro all'Albero Fiorito. Poi una notte ha preso fuoco tutto. Intendo dire la segheria; alla loro casa non arrivò neanche una scintilla, ma la Teresina morì bruciata nel magazzino delle assi. Nessuno sa perché fosse lì a quell'ora, forse aspettava qualcuno, ma chi lo sa. Non si sa neppure come è successo.

Dissero che si era bruciato l'isolamento di un trasformatore e che aveva subito attaccato al legno, ma tutti pensarono ai partigiani.

Io non credo alla storia dei partigiani, o forse sì, sono stati loro ma non per la politica. I Traversa non erano più fascisti di altri. Certo producevano aste per le bandiere e qualche amico gerarca dovevano averlo per forza, ma secondo me hanno voluto fargli pagare tanti anni di umiliazioni. Adesso di loro non ho più nessuna notizia, ma del resto l'ho già annoiata abbastanza. Non ricordo neanche come siamo caduti in questo discorso. Ah sì, parlavamo delle cime qui intorno. Mi raccomando allora, si goda la camminata e se dorme su all'alpe ci vediamo tra un paio di giorni. Si prenda le coperte.

Il braccio mi duole maledettamente, grazie a Maciste e a questo zaino militare del sindaco che mi sta segando una spalla. Pesa come un macigno: le coperte, lo scatolame, la torcia... Occorrono almeno due giorni per raggiungere il colle e tornare indietro.

È inutile chiedermi a cosa serva questo mio pellegrinaggio al colle. Se fossi un giornalista scriverei : "Secondo gli inquirenti gli indizi, coperti dal più assoluto riserbo, conducono in una direzione ben precisa lungo la quale si allineano fatti ed elementi fino a disegnare un percorso di indagine che sembra condurre oltre frontiera..." e così, dietro le schermo dei "sembrerebbe" del "più assoluto riserbo", dietro a circonlocuzioni fiorite potrei nascondere ciò che mi è chiarissimo e cioè che le sensazioni non sono indizi qualsivoglia coperti o scoperti. Non v'è pista, né sospetto e se proprio vogliamo allineare dei fatti allineamoli, vediamo che succede. Innanzi tutto c'è un Maciste che scappa verso il colle. Primo errore! Maciste non scappa ma va verso il colle, poiché nessuno lo insegue, nessuno eccettuato il mio sospetto che egli d'altronde non conosce, almeno in teoria.

Diremo allora che Maciste va al colle. Poi consideriamo che tutti gli amici di Rosetta (e forse la ragazza me-

desima) al tempo dei partigiani erano all'Alpe del mese d'Agosto, che si trova proprio a ridosso del colle. Da ultimo ci sono la moglie del Pantera, il Rosso, *Mini e tutti gli altri finiti in Francia attraverso il colle. E con questo ho prodotto un elenco di fatti uniti solo dalle mie congetture. In realtà, una certezza, benché minima, c'è e precisamente quella che Maciste mi nasconda qualcosa e che me lo nasconda proprio tra pascoli e pietraie. Pochino invero per farmi camminare due giorni, tuttavia ci si aggrappa a ciò che c'è. D'altro canto il panorama ripaga la fatica.*

*Ah, se mi fossi laureato in lettere, adesso sarei giornalista e scriverei uno di quei begli articoli di colore che andavano tanto di moda fino a qualche tempo fa. Già lo vedo in terza pagina sul "Corriere", scritto alla maniera di quel fiorentino, o forse è di Frosinone non ricordo, quello che firma sempre gli elzeviri. Ecco il titolo: "*LASSÙ. *Lettera a Dino". Vediamo come potrei farlo, o meglio, come l'avrebbe fatto lui.*

"Caro Dino, aggiungo un tassello in più al mosaico della nostra amicizia, che neanche il deserto immenso (non il tuo Deserto ma quello della distanza che ci separa) può sciupare. Voglio farlo dalle colonne di questo giornale nella speranza che qualcuno ti recapiti ogni giorno i consueti vaticini di parole vergate sui notturni taccuini. Ricordi quei foglietti di carta intestata (tua o del giornale, indifferentemente) su cui tracciavi con pochi tratti di penna il profilo di una montagna e poi riempivi di righe fitte fitte in cui mi narravi le gioie di quel tuo salire?

"Al ricevere tali barbagli di libertà, io prigione dell'oscurità e del tavolo verde, oramai imbolsito, mi burlavo

di te e del tuo baloccarti con chiodi, scarponi e corde. La scorsa settimana, proprio mentre stavo per lasciare la città, li ho ritrovati in una vecchia busta che recava scritto CORRISPONDENZA DINO. *Li ho riletti tutti e così sono qui per provare di persona che, ancora una volta, avevi ragione tu.*

"Mi sono levato che l'oriente imbiancava appena (di solito a quell'ora, dopo aver perduto fino all'ultima moneta, rincaso) e dopo poco ho imboccato il sentiero che si diparte dalle case di pietra. Oramai urgeva il sole sulle creste dei gioghi e faceva nel cielo ivi posato un luminoso bubbone. Ora il crestato signore grandeggia tra le pietraie ed io sono qui a camminare tra i sassi peritandomi di mantenere i piedi saldamente appoggiati al suolo.

"Spero che tu mi veda qui a profondere energie fisiche di cui fui sempre parco. E vedendomi sfidare il gelo (malgrado il dardeggiare di quell'astro a me così poco noto) e l'irto declivio ti prego di convincerti che entro codeste tue montagne maestose anche un disutilaccio come me può trovare redenzione...". Sì, se mi fossi laureato avrei potuto anch'io riempire le colonne di terza pagina come quello scrittore fiorentino o di Frosinone che sia. Ed invece avrò i miei bravi problemi a riempire il rapporto, specie se continuo ad inseguire fantasmi su per i sentieri.

Fortuna che si comincia a scorgere l'Alpe del mese d'Agosto, perché il "crestato signore" si nasconde già da un po' dietro alle nuvole e credo che tra non molto pioverà. Sembra che non ci sia nessuno, almeno per quello che riesco a vedere con il binocolo. Sarebbe più prudente che mi fermassi in qualche anfratto nascosto, ma se dovesse davvero piovere rischierei la polmonite e poi tra un'ora sarà buio, non penso che possa ancora arrivare qualcuno. Ecco finalmente quel muro tondo che si vedeva da basso. Da lontano sembrava una fortificazione, un bastione ed invece è la fossa del letame. Ora è asciutta e meno male, visto che devo camminarci ai bordi per raggiungere le case.

Tre stalle ed una baita per i cristiani, una grangia come la chiamano qui. La differenza non è molta, certo in questa c'è il camino e manca il colatoio per la merda, ma per dormire la paglia è la stessa sia per gli uomini che per gli animali. D'altro canto c'è poco da lamentarsi, fuori ha cominciato a piovere e chissà che non si metta anche a nevicare: sarà giocoforza per questa notte scendere a questo Grand Hotel.

Una suite sontuosa devo dire: un soppalco con la paglia come letto, una panca come salotto e un paiolo mastodontico montato su un braccio girevole per poterlo mettere e togliere dal fuoco. Peccato per il fracasso della pioggia sulle lose del tetto: è infernale. Eppure questo non è il rumore dell'acqua, questi sono passi. Madonna, questo è Maciste che torna, è la volta che mi fa la pelle...

Sono contento di trovarla così in gamba. Vedendo tutta quella pioggia credevo che sarebbe tornato giù dal colle con la polmonite, pensi che persino Maciste... beh, niente.

Peccato che non si sia potuto fermare a pescare su al lago della Fertà: certe trote! Più buone di quelle del tampone della centrale, solo un po' più piccole. Si figuri che quando c'era ancora Maria alla locanda della Posta, i pescatori andavano su fino alla Fertà a prendere le trote, poi le mettevano in una cassetta di zinco con l'acqua dentro e le andavano a buttare nella vasca davanti alla locanda, quella vasca che si vede ancora in piazza.

Era proprio una sfilata: i pescatori arrivavano quando suonava il vespro, tiravano su il coperchio della vasca e ci sbattevano dentro le trote, poi entravano e Maria gli dava un quartino da bere e venti centesimi per ogni pesce.

Il più bravo di tutti era Cravot, poteva portare anche dieci trote in un giorno. Lo chiamavano Cravot perché aveva un difetto nel parlare, gli tremava la voce e allora pronunciava delle "e" lunghe come la quaresima che sembravano il verso di un capretto. Non che balbettasse, ma faceva un po' come l'organo in chiesa quando fa quel suono che lo chiamano "vibrato". Adesso Cravot è morto, ma tutti i figli e i nipoti parlano come lui, se li sente li riconosce subito. Chissà la Maria invece che fine ha fatto. Gliel'ho già raccontata la storia di Maria? La padrona della locanda della Posta, quella vedova che se ne è andata con uno della città. Sì forse la sa già, ma cosa vuole, invecchio e dico sempre le stesse cose.

Certo che lei è un bel tipo, vuole andare al cimitero proprio adesso che è già chiuso il cancello! Mi è toccato andare fino in municipio a prendere le chiavi. Chissà poi perché il prevosto vuole che lo si chiuda, avrà mica paura che gli scappino i morti!

Però adesso muoviamoci prima che venga buio. Se proprio vuole andare per tombe meglio farlo oggi, perché c'è aria di neve e mi sa che domani farà piacere restarsene in piôla al caldo. Se vuole sapere sempre che tempo farà, basta che guardi se ci sono nuvole sulla Punta della Croce: "Se la ponta 'dla Cros a l'ha 'l capel ô ca fa brut ô ca fa bel". Ah, ah, non l'ha capita questa, succede sempre così, non la capisce mai nessuno dei forestieri.

Caro sindaco, io non te lo posso dire perché mi servi, ma le tue battute fanno proprio schifo. Parli troppo e ti freghi da solo.

Come sulla storia di Maciste. Lo so cosa stavi per dire. Ti stava scappando che anche Maciste è dovuto tornare prima per la pioggia. E così mi hai confermato quello che già sospettavo e cioè che non hai cercato di impedirmi di andare al colle solo perché pensavi che Maciste si sarebbe fermato dalla parte francese ancora un giorno e che io non l'avrei incontrato. Ho fatto bene a raccontarti una balla caro sindaco. Ti ho detto di aver dormito all'Alpe Saulera e non a quella del mese d'Agosto, così tu puoi continuare a credere che io non abbia visto niente. E invece ho visto. Come prima cosa ho visto la morte in faccia quando mi sono accorto che Maciste stava entrando nella grangia, ma poi mi sono nascosto sul soppalco sotto la paglia e ho guardato la scena. Per fortuna il rumore della pioggia copriva il mio respiro, se no non sarei più qui ad ascoltare le tue scemate.

Maciste era fradicio, ma non si è fermato ad asciugarsi: aveva fretta, forse voleva portare qualcosa alla corriera prima che partisse questa mattina. Forse era proprio quel bottiglione che sporgeva dallo zaino quando lo ha aperto per tirare fuori le stecche di sigarette. Quelle le ha lasciate lì, evidentemente non voleva che si bagnassero.

Imbecille, ho pensato, ho scarpinato come un matto e rischio di farmi ammazzare per una stupida storia di contrabbando. «Cosa faccio» mi dicevo «grido: "la legge è la legge"?». Tu fai Totò e io Fernandel?

Poi però, mio signor sindaco complice del contrabbandiere, ho scoperto dell'altro che forse non sai neppure tu. Maciste ha fatto ruotare il paiolo sul perno che lo reggeva e ha spostato la pietra del focolare. Di lì sotto ha tirato fuori una cassa e dalla cassa una foto, l'ha guardata per un po', poi le ha dato un bacio e se ne è andato.

Ha lasciato tutto così ed è stato un bene: non so se ce l'avrei fatta a muovere quella pietra.

Quando Maciste è uscito ho atteso una decina di minuti che il mio cuore smettesse di saltare tra la gola e lo stomaco, poi sono sceso dal soppalco e ho guardato sotto il focolare.

La cassa era di tipo militare; verde, di legno con i rinforzi in ferro e le maniglie ai lati. Militare anche il contenuto: tre fucili, una mitraglietta, caricatori, bombe a mano. E poi c'erano le foto, tante fotografie in bianco e nero. La prima, quella che Maciste aveva baciato, ritraeva una ragazza sui vent'anni. Aveva i capelli alla maschietta e il volto tirato, malgrado il sorriso. Credo che sia Rosetta, ma devo confrontarla con la foto della lapide. Vorrei sapere perché hai insistito per accompagnarmi, sindaco di merda, non bastava che mi dessi le chiavi? «Don Celestino non vuole che si diano le chiavi ai forestieri» mi hai det-

to; e così devo rimandare il confronto: non voglio che tu sappia ciò che ho scoperto, specie ora che so quanto te la intendi con il tuo amico Maciste.

Dovrò aspettare anche per le altre fotografie, quelle in cui c'è la stessa ragazza abbracciata ad un giovane con la pistola al fianco.

Vorrà dire che tornerò un'altra volta... da solo!

Cosa le avevo detto? Ecco la neve. Da noi scende già a novembre, ma poi se ne va via presto. A marzo qui è già tutto pulito, i prati più belli sono tutti a mezzogiorno. È per questo che una volta ci portavano le bestie anche dalla Savoia. Alla fine dei tramud, a settembre, invece di mandarle nelle loro stalle i francesi ce le portavano di qua dal colle e passavano l'inverno qui da noi, così in marzo potevano già uscire nei prati. Si figuri che non hanno smesso di mandar qui le bestie neanche in tempo di guerra, di nascosto s'intende. Anzi a quei tempi, eravamo nel '42, girava la storiellina dell'asino. Sì perché assieme alle vacche ci mandavano sempre anche un asino. Allora raccontavano che dopo aver lasciato le bestie a passare l'inverno nelle nostre stalle, arriva il bel tempo e i francesi vengono a riprendersele; mentre sono lì che le portano in piazza, le vacche sono tutte contente perché finalmente tornano a casa loro in Savoia e invece l'asino è mogio mogio e con le orecchie basse, una vacca allora gli va vicino e gli chiede: «Ma come? non sei contento che torniamo a casa?», ma l'asino ci risponde: «E no che non sono contento, proprio adesso che potevo prendere il posto di Mussolini».

È una storiella da piôla che si raccontava quando faceva brutto come oggi. Se non ci si diverte con un po' di vino, l'inverno sì che diventa lungo, invece uno viene qui, beve un poco e subito gli torna l'allegria.

Li sente quelli di là, stanno cantando la canzone dei suonatori, quella che i musicanti facevano alla fine delle feste per raccogliere i soldi dai priori. Dice così: «a costi bei priori ca balo propi bin, prontì prontì l'argent e fene beive 'd vin...»; ha capito? «a questi bei priori che ballano proprio bene, preparate i soldi e fateci bere vino». È una cosa così, per stare allegri, solo che una volta, alla festa della Blinant, i priori l'hanno presa male e i suonatori hanno dovuto scappar via. C'era proprio da vederlo Onelio con il suo basso a tracolla che correva giù per il sentiero, di notte per giunta! Ma cosa vuole, alla Blinant sono sempre stati un po' selvaggi, ne combinano sempre qualcuna: molti dei quadretti dei miracolati sono di gente della Blinant, specie quelli dei fienili bruciati, chissà perché.

Continua a tirar vento, almeno di qua dal colle. Vento e neve. Sembra impossibile ma con la tormenta questo paese è ancora lontano dal mondo più di quanto già non lo fosse. Da due giorni non passa neanche la corriera: «La strada è sporca» dicono, ma senza rammarico. L'unico mezzo di trasporto è il treno, quello a scartamento ridotto: peccato che si fermi venti chilometri più in basso.

Sembra di essere in un universo in bianco e nero, come alla televisione. Un mondo di macchie, di schizzi di inchiostro sopra un foglio pulito. Alcune macchie stanno ferme, sono case, alberi, pietre; altre si muovono e allora capisci che sono uomini. Risalgono la strada camminando piegati in avanti, controvento, intabarrati in drappi neri da cui spuntano il cappellaccio, nero anch'esso, e i pantaloni di velluto color di foglia morta, color letame. Non hanno giacche o paltò, tutti si avvolgono nella loro mantella corta di lana grezza, senza maniche, senza bottoni, come una coperta gettata sulle spalle: sembra di vedere il Passatore nella misera iconografia delle etichette di Sangiovese.

Dalla finestra della mia camera il paesaggio sembra uno di quegli acquerelli a buon prezzo che si comprano a

Montmartre. "Parigi sotto la neve". Mancano è vero i colori, specie il verde delle paline liberty con scritto "Metropolitaine", ma quei contorni soffici e indefiniti, beh, quelli ci sono proprio. Merito di questi vetri tirati ancora a mano e soprattutto del freddo che gela il mio fiato sulla finestra producendo trasparenze vaghe, come l'alabastro, o come i vetri del cesso, dipende.

La cameriera ha buttato un po' di legna nella stufa e i ghiaccioli della mia barba stanno cominciando a sciogliersi. Prima, al cimitero, con la neve che sembrava entrarmi fin nelle ossa, ho temuto di rimanere lì per sempre. Sarei stato uno dei pochi a fare l'ultimo viaggio con le proprie gambe.

Sono rimasto fermo almeno mezz'ora, per questo sono intirizzito. Da prima ho contemplato le due sorelle, come le chiamano qui: hanno ragione, Rosetta e sua madre erano proprio identiche, belle ambedue anche se di quella bellezza paesana che sfiorisce presto. Ma per loro non è accaduto, se la sono portata al camposanto la bellezza. Poi ho confrontato la foto presa all'alpe con quella della tomba; a parte il taglio di capelli non ci sono differenze, è sicuramente lei. «Marciare! Marciare! Tutto il giorno nella neve con le scarpe bucate. Alpini in Russia! E tu, tu lo sai cosa vuol dire camminare in mezzo alla neve con trenta gradi sotto zero?».

Mi ha fatto prendere uno spavento quell'idiota ubriacone!

Mi è venuto vicino e continuava a parlarmi: «Ma tu chi sei? Ah ti riconosco, sei il nipote della Marianson. Ma non eri morto? Mi avevano detto che eri morto, te e tuo cu-

gino. Sì, morti tutti e due. E ti dirò di più, siete morti ammazzati per una storia di donne. Che vergogna povera Marianson, se vi vedesse. Ma se non sei morto cosa ci fai qui al cimitero, e poi con quella foto in mano. Fammela vedere». Me l'ha strappata di mano e così la massima segretezza se ne va a puttane, ma tanto anche se parla nessuno gli crede. Speriamo almeno che sia così, visto che il cervello ogni tanto sembra funzionargli. «Ma questa è la Rosetta con Mini 'd Luis» ha detto «bella coppia, questa era proprio una che non sapevo. Oh, se la porti in giro per il paese ne fai ancora piangere tanti con questa. Specie Maciste, lui che si credeva di non avere le corna, che credeva di avere la Rosetta tutta per lui. Palle. Tutti cornuti in questo paese. Ecco perché Rosetta non voleva che si sapeva in giro della storia che lei e Maciste si parlavano, era per fare meglio i suoi comodi. Tutti cornuti qui, ubriachi e cornuti, cornuti e ubriachi...».

Cara Rosetta eri proprio una gran troia, scusa se te lo dico, ma proprio una troia di prima classe. Ma quanti fidanzati avevi? Con quanti te la facevi? Vediamo un po', c'erano i due fratelli di latte, Giovanot e Gnasio del Pont, tutti e due, almeno secondo quel che dice Teleferica. Poi c'è Mini e infine Maciste: gliel'avrai pur data anche a lui se a distanza di tutti questi anni bacia ancora la tua foto! E poi lo dice anche Alpininrussia: «si parlavano», da queste parti dicono così, ma è chiaro quali parole intendono.

Abbiamo così quattro persone che avrebbero potuto uccidere Rosetta per gelosia, se solo avessero saputo l'uno dell'altro. Quattro partigiani, quattro amanti. Se l'assassino fosse stato uno di loro, difficilmente sarebbe riu-

scito a nasconderlo agli altri e allora non ne sarebbe certo uscito vivo. Potrebbero averla uccisa di comune accordo e quindi riprende corpo l'ipotesi della spiata ai tedeschi da parte di Rosetta. *Ma perché avrebbe dovuto tradire i partigiani specie se tra loro c'erano questi quattro? Forse proprio per eliminarli, ma bisogna allora ipotizzare un quinto amante più importante degli altri quattro. Oppure perché spinta da qualcuno particolarmente vicino ai fascisti. O forse ambedue le cose insieme: ecco che potrebbe venir fuori la famiglia Traversa, i fabbricanti di aste da bandiera che secondo il sindaco erano amici di qualche gerarca. Rosetta era stata innamorata del loro figlio più vecchio, può darsi che fosse proprio lui il quinto amante e che per far piacere a qualche amico repubblichino abbia chiesto alla ragazza di tradire i suoi. Bella ipotesi, mi addormenterò cullandomi con questa idea e domani sarò pronto a ricominciare da zero. Se avessi avuto una monetina per ogni supposizione che ho fatto in questo caso, ora sarei ricco, ma se almeno avessi avuto un indizio, uno solo, per ogni congettura, avrei risolto il caso.*

Permette che faccia colazione con lei? Sa, da quando ho venduto le vacche faccio sempre colazione al Moderno, il latte lo vado a prendere dopo, da mio cugino Celestu, quello che abita giù all'Inverso sulla strada delle Ca' dei Colombo, si ricorda che gliel'ho raccontata la storia del Pretino dei Colombo?

Oggi però ho pensato: «Vado all'Albero Fiorito a far compagnia al commissario». Ah sì certo, parlo più piano. Dicevo: «Vado a far compagnia al...», insomma, a lei, e così eccomi qua. Beva pure il suo caffellatte che le si raffredda, adesso mi faccio portare qualcosa anch'io. «Onorina. Onorina!». È un po' sorda, per questo le parlo a gesti, poi tanto lo sa già quello che voglio, qui non è come in città che c'è chi prende il caffellatte, chi prende il tè, chi ci pucia dentro i biscotti, chi vuole la marmellata... qui a colazione mangiamo tutti la stessa cosa: latte e toma.

«Grazie Onorina». Ne vuole un po'? Gliela taglio con il mio coltello, è uno di quelli francesi che tagliano come rasoi, guardi il manico di legno, c'è su il marchio della mano e della corona e anche sulla lama, guardi: la main couronnée dicono i francesi. L'ho preso tanti anni fa, una volta che ero andato di là dal colle, allora comminavo un sacco. Ne mangi pure, è una toma fresca, va bene da bagnare nel latte, ma abbiamo anche quelle stagionate, diventano dure come il parmigiano, sono quelle che fanno d'estate su all'alpe. Io ne compro sempre una forma all'incanto della festa di San Matteo, lì vengono a costare anche il doppio di quanto valgono, ma sono tutti soldi che vanno per la chiesa. Quando il povero Piero, il papà di Rosetta, andava su all'alpe faceva delle tome così buone, ma così buone... Se poi uno le accompagnava con il dolcetto della cooperativa era proprio come stare in paradiso. Il povero Piero era un ragazzo intelligentissimo, ogni cosa che faceva la faceva bene e pensare che non sapeva né leggere né scrivere.

Senta, adesso che ha finito ci dico anche un'altra cosa. Ho pensato che adesso che c'è la neve e che non può andare in giro per cercare le sue cose magari aveva piacere di leggere qualcosa: questo quadernetto ce lo ha dato un ufficiale del regio esercito a mio nonno, c'è anche la data millenovecentododici e le iniziali dell'ufficiale: M.P. Mio nonno diceva sempre: «Tenetelo da conto, ché lo ha lasciato un ufficiale regio, e non fatelo leggere a nessuno, sono segreti, sono segreti». Io credo che l'ufficiale l'avesse dimenticato: era venuto in paese un po' di volte e aveva dormito qualche settimana a casa nostra perché doveva fare chissà quali misure, poi se ne è andato e quel quaderno lì è rimasto sotto il letto dove aveva dormito.

«Ce l'ha lasciato a noi per riconoscenza» diceva mio nonno «tenetelo da conto, tenetelo da conto, ci sono dei segreti»; io l'ho letto, ma c'è solo una storia che qui sanno tutti, altro che segreti.

È la storia di Ippolito Berta, quello che stava nel castello del soculé, quello dove ha dormito anche il Conte Rosso: ce l'ho portato no a vederlo? Lì dove hanno trovato la... sì ma se lo ricorda senz'altro, quella volta che la bialera è diventata tutta rossa e lei invece è diventato bianco. Bene, questo Ippolito Berta viveva lì nel castello, poi un giorno è andato in città e l'hanno ammazzato, giù al Roc Berton, che però prima non si chiamava così, l'hanno chiamato Roc Berton da quando ci hanno ammazzato Berta, è chiaro. È una storia vera sa? Si vede che certe cose non capitano solo oggi, però non gliela racconto, così si diverte a leggerla. Poi magari lei che è istruito mi spiega come mai quell'ufficiale ha messo delle stelline al posto dei nomi del nostro paese e di quelli circonvicini, si dice così no? Oggi non è ancora giornata da andare in giro, ma se stanotte comincia a tirar vento dal colle può star sicuro che domani mattina fa bello e allora ci vediamo e la porto dove vuole.

La corriera non passa neanche oggi, la attendo inutilmente da ore, da quando ho salutato il sindaco. Sono in ansia in questa locanda come un padre al reparto maternità: periodicamente, quasi fossi l'uccellino di un orologio a cucù, scatto in piedi e vado a disappannare un vetro per guardare fuori. A volte sfrego la superficie del vetro per minuti interi prima di accorgermi che è la luce stessa ad essere appannata, pannosa, lattiginosa, morbida, ovattata, avvolgente. Senza corriera niente posta e senza posta nessuna possibilità di mandare un rapporto ai superiori. «Mi tenga informato» diceva il capo prima che partissi «è una questione molto delicata, molto. Scriva, magari in inglese caso mai alla posta aprissero la corrispondenza, oppure telefoni, ma solo se può farlo con la massima riservatezza». Riservatezza un paio di palle! Qui i telefoni sono sempre ai quattro venti e neanche voglio utilizzare quello del sindaco: meno sa e meglio è.

Ho cercato di ingannare il tempo. "Ingannare il tempo" che stronzata, sto pensando con frasi fatte, alla faccia di chi dice che il pensiero è prelinguistico: è forse che se io mi trastullo il tempo rimane fregato? Se lo inganno vuol dire che tutto si ferma? che non mi cresce la barba? che non mi cade un capello?

Ho la profondità di pensieri di un poliziotto da fumetti. Diciamo comunque che nell'attesa faccio delle cose. Ho provato il solitario con le carte, quattro volte: non mi è venuto. Ho trovato un foglio a quadretti e ho fatto la corsa delle macchine: ha vinto la Ferrari. Mi è rimasto il giochino del "Cosa ti ricordi?"; lo facevo con il mio compagno di banco alle medie, gli avevano regalato un cronografo e ogni scusa era buona per cronometrare qualcosa: quanti secondi resti senza respirare, quanto tempo stai senza sbattere gli occhi e poi questo: guardati attorno per dieci secondi esatti dopo, a occhi chiusi, dimmi tutti i particolari che ricordi. Provo a rifarlo ora... otto, nove, dieci! Dunque, le pareti sono bianche, con intonaco ruvido, grossolano; fino a circa un metro da terra hanno il tipico rivestimento a listelle di legno scuro, anche il pavimento è di legno, un assito di tavole lunghe e appena levigate, senza vernice, vicino all'entrata portano i segni dei passi e si fanno più chiare. Non c'è un tavolo uguale all'altro, uno è quadrato, gli altri rettangolari, ma le gambe, quelle cambiano tutte: quadrate, tonde, tornite con piedi a boccia o ad anello, alcune sono state allungate con un'evidente giunta in legno più chiaro. Al centro della stanza, la stufa quadrata e scoppiettante. Il tutto poi si duplica infinite volte nei due grandi specchi pubblicitari opposti e leggermente inclinati: Vermuth Vincenzi e Aperitif Dubonnet, di qua e di là dal colle.

È finito anche il pranzo, la corriera di oggi è una speranza perduta, mi resta il quadernetto in pelle di quel regio ufficiale che nel millenovecentododici venne qui per chissà quali misure, ma «...ci sono dei segreti!», andrò a leggerlo in camera. Ho tra le mani uno dei più classici topoi lette-

rari: le memorie dell'agrimensore inviato in luoghi sperduti. Ne ho scorso rapidamente le pagine: traspare un incredibile sincretismo, come se le vicende di agrimensori futuri, partoriti da penne praghesi e austriache, fossero già state esperite dal capitano M.P. *del regio esercito di sua maestà, eccetera, eccetera. C'è un castello, certo non il Castello, ma un castello, meno arcigno e incombente, un palazzotto in pietra, ma perché dove c'è un agrimensore c'è un castello? E poi c'è la valle di pietra: sempre l'agrimensore deve triangolare in valli di pietra? La neve incrosta ancora i vetri, accendo la luce: già, lampadina da quindici candele, non di più. In tanti giorni passati in questa stanza di locanda ho riscoperto il gesto di "girare" l'interruttore, ho rivisto il marrone indefinibile della bachelite, le prese piccole con la scritta "120 volt", ma è la prima volta che mi accorgo del giallo smorto di questa lampadina che pende dal soffitto. Sopra, solo un paralume di tessuto anticamente bianco, forse, ondulato e puntinato da merde di mosca.*

In questa luce le pagine del taccuino assumono il fascino del reperto antico: il giallo del tempo è più giallo e sfuma dai bordi verso il centro. E la grafia? Ah, quell'inchiostro marroncino, ma lo faranno ancora? E quelle lettere vergate dal pennino, uniformemente inclinate a destra? Il vero stereotipo del manoscritto. Leggiamolo.

«Altre volte l'Ufficio che immeritatamente ricopro mi ha condotto verso i limiti estremi dei territori di Sua Maestà il Re d'Italia ed in ispecie sui confini che dette terre separano dalla regione che diede il nome alla casata del nostro Sovrano, vale a dire la Savoia, tuttavia mai ebbi tanto netta la sensazione di essere chiamato ad un'opera più ampia di quella destinatami dai superiori, mai come ora sentii la necessità di illustrare con parole e tavole, ciò che le carte tacciono. Ignoro qual sia la forza che accanto allo spirito scientifico e positivo che sempre mi ha animato nella mia opera di cartografo del Regio esercito, ha insinuato il desiderio di attendere ad una raccolta delle leggende che la semplicità e l'ignoranza delle genti del luogo fanno nascere copiose; non so se sia il tedio o l'inquietante incombenza di queste rupi granitiche, ma trovandomi a lungo nel paese di *** per alcune misurazioni, ho avuto modo, come mai mi era capitato, di prestare attenzione dopo il desinare all'intrecciarsi di quelle fole che qui hanno il nome di quintes, imperciocché mi sono drizzato al compito di cui sopra.

«Il municipio di*** conta 627 anime che risiedono nelle nove frazioni che detto municipio compongono: Corbetto inferiore (capoluogo), Corbetto superiore, Tetti Berta, Toj, Villa, Bertegnasco, Ciavanes, Case Chiotto e Blinant. Nel capoluogo trovansi il municipio e la parrocchiale di S. Cristina, dalla facciata barocca e campanile in pietra a secco risalente all'anno ottocento. Ogni frazione possiede poi una propria cappella: notevoli sono quella di S. Rocco, in frazione Bertegnasco, e quella della frazione Tetti Berta, dedicata a S. Matteo, nella quale trovansi due confessionali secenteschi di pregevole fattura. Proprio il nome di quest'ultima frazione è legato ad una leggenda che molto attirò la mia attenzione. Questa leggenda è una delle più commoventi ch'io abbia udite nelle Valli, perché mentre in quasi tutte le altre trovansi fate o demonii come protagonisti principali del racconto, in questa vediamo invece un essere infelice, vissuto realmente, ed al fantastico racconto narrato dai valligiani si uniscono fatti di una verità innegabile. Tutti nella Val Grande conoscono il nome d'Ippolito Berta e sanno ch'egli visse in*** a poca distanza da***, nel castelletto del quale veggonsi le rovine; e fui meravigliato udendo con quanta commozione alcune donne, che erano inginocchiate sulla sponda di un ruscello che scorre a pochi passi dall'antica sua dimora e lavavano biancheria, mi narrarono del povero giovane; che secondo la tradizione popolare avea sangue di eroi nelle vene e per una ragione ignorata da tutti era condannato all'esilio in Val Grande e consumavasi nel dolore.

«In Torino cercai avidamente delle notizie che potessero farci conoscere la storia vera di questo leggendario personaggio; ma né il Guicheron, né altri storici che trattarono del Piemonte e ordinarono minutamente la genealogia dei suoi principi, non dimenticando neppure coloro che appartennero ad esse con qualsiasi legame di sangue, fecero cenno di quell'Ippolito, il quale, se tenam conto dell'epoca in cui egli visse, dovette appartenere strettamente ad Emanuele Filiberto. Neppure le storie manoscritte che trovansi nell'Archivio di Stato in Torino possono darci un po' di luce che illumini quella misteriosa figura; trovai solo nei conti del Tesoriere di Savoia del 1561 nominato un tale di*** in Val Grande, per un contratto riguardante certi beni e non altro; questo però non toglie che più tardi Ippolito Berta potesse ricevere un appannaggio, come narra la tradizione, perché spesso nei registri dello Stato trovansi in nota delle somme, senza che venga detto a quale uso servirono. Sappiamo però di certo che la famiglia Berta, della quale Ippolito portò il nome, esisteva in*** assai prima del 1500 e di là si sparse per le Valli ed anche nella vicina pianura: e non poche volte mi avvenne di trovarne il nome negli atti che riguardavano l'amministrazione comunale del borgo e della sua Valle. Trovasi anche un cenno fatto nel 1530, di un nobile Pietro Berta di***, sposato a Lucia del nobile Pietro Goffi egualmente di***, ma è solo più tardi, in un documento del 1563, che vien nominato Ippolito Berta.

«Si vedono gli avanzi del castello che gli appartenne dalla via carrozzabile che passa innanzi alle diverse frazioni di*** volgendo al suo termine, per così dire, a piè dei ghiacciai e del colle che conduce in Francia; e nulla hanno quelle rovine che possa attrarre lo sguardo di chi passa, non vedendovi sul lungo fabbricato che un finestrino e una rozza porta: ma verso una strada che discende al fiume il castello appare assai più alto sul terreno che si abbassa, ed ha alcune finestre adorne da colonnine dipinte in rosso. Queste sono coperte nel mezzo da un balcone fatto da qualche valligiano divenuto padrone del castello e che dovette in altri tempi dividerne le altissime stanze con un solaio per avere un altro piano. Un ruscello passa innanzi alla facciata del castello volta al fiume ed a poca distanza sorge l'altissima rupe di Santa Caterina.

«Dalla parte del castello verso la via di Val Grande, salendo sopra alcuni gradini, entrasi in un cortile ove in tempi non ancora lontani vedevasi una larga cisterna scoperta, circondata di sottili colonnine che formavano un piccolo porticato, sorreggendo il tetto assai sporgente verso il cortile: le colonnine in pietra finemente lavorate, furono vendute, le forti mura della cisterna crollarono ed ora un tavolato mal fatto che muove sotto ogni passo ed è coperto in ogni parte di alti cumuli di fieno, fa le veci del pavimento rovinato del cortile e vedesi in questo, ad una certa profondità, il piano sul quale posavano le mura della cisterna circondata dallo stretto corridoio che ora passa ancora innanzi alle porte chiuse dei sotterranei. Sulle mura che cingono il cortile, vedonsi tracce di vecchi affreschi, non lungi dalle armi di casa Savoia, mezzo cancellate e che ritrovansi pure sulla facciata di una torre in altra frazione di*** e sopra un muro esterno della chiesa di*** nella valle attigua, vicino a preziosi affreschi antichi. È forza camminare lentamente nel cortile, sul perfido tavolato, guardando che il fieno non asconda aperture donde si possa cadere innanzi alle porte dei misteriosi sotterranei; e si entra nella camera da letto d'Ippolito, grande assai, dal soffitto scuro e con una finestra altissima e stretta. Un letto in legno divenuto nero è da tre secoli addossato ad una parete di quella camera, vicino ad un antico affresco che raffigura la Santa Vergine; ed in un angolo della camera, dalla parte del letto, un camino enorme, dalla cappa che minaccia rovina, occupa largo posto e ha allato un muro basso, costrutto per riparare il letto dall'eccessivo calore.

«Si può sorridere con incredulità nel sentire che Ippolito dormì in quel vecchio letto, sul quale ora vedesi gittato il ruvido lenzuolo che ricopre un mucchio di fieno e di foglie di faggio ed ove riposa di notte un pastore; ma si è poi costretti a riconoscere che la tradizione narra il vero, perché nella parte interna del letto, vedesi profondamente scolpito, fra le curve di due arabeschi, "Hippolitus Berta 1584" e sotto quel nome due colombe risaltano fra gli arabeschi e portano dei fiori nel becco. Da questa camera si passa in un'altra molto grande ma non più abitabile e che per rovina avvenuta è divisa da un fabbricato che faceva anche parte del castello».

Quanta distanza corre tra i letterari agrimensori mitteleuropei e il nostro piccolo misuratore regio. Egli semina qua e là elementi gotici, rupi minacciose, misteriosi sotterranei, ma poi tutto si annacqua e ne viene fuori una piccola guida per improbabili turisti. Chissà quanto ha lavorato il buon ufficiale M.P. *per adattare le pagine di presentazione ad un asciutto stile cancelleresco, burocratico. Un lavoro immane, senz'altro, almeno a giudicare dal seguito, dalle righe sgrammaticate che narrano un qualcosa a metà tra leggenda e sopralluogo e che hanno tutta l'aria di un abbozzo da rimaneggiare.*

Le tracce di inchiostro marrone continuano ancora per molte pagine: saranno la lettura di domani. Fuori dalla finestra un'oscurità inimmaginabile, apro: si è alzato il vento, vento dal colle.

Ha visto che col bel tempo è passata anche la corriera. Hanno caricato la posta, ho visto io che gliela davano a Beppe, l'autista: così è servito anche lei. Sa quanti anni è che Beppe porta la corriera? Quaranta, quarant'anni di corriera, sempre su e giù per la valle, e come ci tiene alla sua corriera! Una volta, quando finivano le scuole, i ragazzi che stavano promossi la maestra li portava fino a vedere il treno con la corriera e lui passava tutto il tempo a sbraiassare: «Giù i piedi dai sedili! Lazzaroni! Se ne prendo uno col temperino lo butto giù!», poi però la maestra Gina gli pagava da bere alla stazione e così al ritorno era più calmo.

La domenica, d'estate, poi era tutto felice perché veniva su con la "rossa", la corriera della festa che serviva per portare su quei pochi che arrivavano dalla città, era un pullman della Lancia, tutto verniciato di rosso con una striscia di rosso più scuro e con i sedili rossi anche loro. Sembra proprio che Beppe viva per le sue corriere, e poi non è neanche sposato, anche perché, come diciamo da noi "perché comprarsi la vacca se puoi avere il latte a scodelle!". E lui di scodelle ne trovava tante qui e là per la valle, ha capito no cosa intendo? Tante donne e mai nessuna che l'abbia ingabbiato.

Se è pronto per la passeggiata la porto un po' in giro, ma solo per il paese perché sui sentieri c'è troppa neve e bisogna ancora aspettare qualche giorno di sole. La vuol vedere la cappella di San Flip e Giaco, mi scusi, di San Filippo e Giacomo? Ha i muri tutti dipinti con le figure degli apostoli. Venga, mi son fatto dare le chiavi da don Celestino, tiene tutto chiuso lui, i morti, i santi, chissà di cosa ha paura.

Spero che le piaccia quella roba scritta che le ho dato, se non sbaglio parla anche del castello, quello che davanti ci abbiamo trovato morta la povera Rosetta. Pensi un po', un paese così piccolo e abbiamo addirittura due castelli: il castello del soculé e la torre dei colombi, la cappella di San Flip e Giaco è proprio quella lì vicino alla torre dei colombi. Forse l'ha già notata perché davanti ci è dipinto San Giorgio che uccide il drago.

Mi chiederà come mai c'è San Giorgio sulla chiesa di San Filippo: glielo spiego subito. La colpa è di Bernardin 'd Bogiat che era uno degli antenati di Rensin, quello che era morto con il petto schiacciato da un tronco, che qualcuno diceva che l'aveva ammazzato suo fratello Genio. Beh comunque non importa, Bernardin dicevo, un giorno si alza presto presto perché aveva visto un bel camoscio che saliva verso il colle. Gli sta dietro per un bel pezzo, ma niente da fare, mai che riesca a avvicinarsi abbastanza per tirargli con lo schioppo. E lui, il camoscio, sembrava goderci di avercelo dietro, si faceva vedere su, verso la sorgente del Bramafam e poi di colpo spariva e saliva sulle roccere della becca di Nona, Bernardin non faceva in tempo a arrivare che l'altro era di nuovo giù a fargli maramao in fondo al vallone. E così Bernardin, che pensava di essere in paese prima di pranzo, passa tutta la giornata sulle montagne, ma a un bel momento lo vede su proprio in cima in cima, pedala su come un matto e gli tira un colpo che lo fa secco subito. Felice come una pasqua Bernardin si carica il camoscio sulle spalle e fa per tornare in paese, ma più scende più il camoscio pesa. Lui era uno veramente forte, tipo Maciste per intenderci, e tira giù diritto, ma arrivato al Gias 'd Milon non ce la fa proprio più, lo butta giù e gli dice: «Pesi come il diavolo, maledetto!». «Certo che peso come il diavolo» gli risponde il camoscio «io sono il diavolo. Pensavi di portarmi a casa tua e di farmi cuocere e invece sarò io a portarti giù da me, all'inferno, lì vedrai che arrosto». Bernardin allora si prende uno spavento che la metà basta e si mette a correre giù per la pietraia e a pregare: «Buon Dio salvami, che se mi salvi entro un anno rimetto a posto la chiesa di San Flip». Fatto sta che, vuoi perché il Signore gli ha dato una mano, vuoi perché Bernardin correva come il vento, riesce a salvarsi e allora comincia i lavori alla chiesa di San Flip e Giaco che era ridotta proprio male. Passano undici mesi e la cappella è pronta, ma manca ancora il dipinto sul davanti e il tempo per il voto sta per scadere. Bernardin non sa come fare, anche perché gli era già sembrato di vedere di nuovo il camoscio sul sentiero del Bec Ceresin, ma finalmente un giorno scende dal colle uno, un pittore che era scappato dalla Francia, lui allora lo ospita a casa sua e poi gli dice: «Vous pouvez rester ici tout le temps que vous voulez, mais vous devez peindre Saint Philippe et Saint Jacques sur le mur de l'église la bas». «J'en ne suis pas a même, j'ai jamais vue ces saints la, si vous voulez je peux peindre Saint Georges avec le dragon». E così, un po' perché ormai l'anno stava per scadere, un po' perché tanto un santo vale l'altro, ecco perché abbiamo San Giorgio sulla chiesa di San Filippo e San Giacomo.

Naturalmente a tutta la storia del diavolo e di Bernardin io non ci credo mica, però così la raccontano e così ce l'ho detta.

Merda!

Mi scusi sa, ma a forza di tenerla chiusa la serratura si è arrugginita e aprirla è sempre un'impresa.

Ecco, guardi là i dipinti dei santi, sono belli vero? Ah, ma questi non li ha mica fatti il francese che ha fatto il San Giorgio, questi c'erano già da prima, sono molto antichi sa? E poi anche qui ci sono un sacco di quadretti dei miracolati; guardi quello là, quello là in alto, sotto la finestra, quello è Bastiano Mecchia quando è finito sotto il carro del fieno, prima della guerra: «Bastian, non caricarlo così il carro, la farai morire quella povera bestia», tutte le volte glielo dicevano, ma lui niente, continuava a mettercene di fieno, a mettercene finché proprio non cadeva giù. «I cavalli sono fatti per tirare» diceva, «e se poi vuole morire che muoia pure, vorrà dire che me ne compero un altro». E così una volta l'ha caricato talmente che ha dato il giro, lui è rimasto sotto la ruota. Veramente il quadretto più che a San Filippo doveva portarglielo alla Idina, se non c'era lei col suo intruglio di foglie di castagno non si salvava mica.

Quell'altro invece l'aveva portato il marito della Maria, quella della locanda della Posta, l'aveva portato quando era tornato dal fronte, nel '16, dice che era scoppiata una granata e quelli vicino a lui erano morti tutti, lui invece neanche un graffio, dice che il sergente gli era caduto sopra e così si era preso lui tutte le schegge. Poveraccio, il quadretto non è bastato, un mese dopo che era tornato al fronte un cecchino l'ha centrato e questa volta niente sergenti.

Su questa parete qua invece ci sono i quadretti di dopo la guerra, dopo la seconda, li ha fatti quasi tutti il Mancino, guardi la madonnina che c'è su tutti. Sì certo c'è anche su quelli che non sono del Mancino, la madonnina sulla nuvola c'è su tutti i quadretti dei miracolati e sempre lì, in alto, ma quelle del Mancino sono tutte uguali e hanno la faccia di sua cugina. Era una gran bella ragazza sa? Peccato che se ne sia andata di là dal colle.

Adesso spero che non le dispiaccia ma io devo proprio tornare a casa, mi raccomando, mi riporti la chiave prima che può e speriamo che don Celestino non lo venga a sapere.

È dal giorno in cui sono arrivato in questo paese che cerco di annotare ogni parola del sindaco. La sera, in camera, riscrivo le montagne di parole che mi ha vomitato addosso per tutto il giorno e cerco di scoprire nuovi nessi, di combinarle tra loro per costruire nuovi racconti così come facevano gli accademici di Lagado. Niente! Le più raffinate strategie interpretative si infrangono sull'assenza di un senso complessivo. Il significato dei singoli lemmi è chiaro, lampante, ma nulla mi avvicina alla soluzione del caso e le parole da annotare sono sempre di più: oggi ho dovuto prendere nota in presenza del sindaco, proprio mentre parlava. Gli ho detto che sono appassionato di pittura francese e che coltivo il sogno di scrivere un libro sui pittori savoiardi minori. È una balla a metà.

Abbandono il mio taccuino e torno a quello dell'agrimensore.

Chissà perché non metto mai un segnalibro. Odio fare le orecchie ai libri, ma un foglio di carta qualunque, un biglietto del tram, una cartolina, qualcosa da mettere tra le pagine potrei trovarlo. E invece no, così ogni volta avrei bisogno del riassunto delle puntate precedenti per trovare il punto da cui riprendere la lettura.

«...udendo con quanta commozione alcune donne, che erano inginocchiate sulla sponda di un ruscello che scorre a pochi passi dall'antica sua dimora e lavavano biancheria, mi narrarono del povero giovane; che secondo la tradizione popolare avea sangue di eroi nelle vene e per una ragione ignorata...», *no questo l'ho già letto.*

«...nella parte interna del letto, vedesi profondamente scolpito, fra le curve di due arabeschi, "Hippolitus Berta 1584"...» *anche qui c'ero arrivato.*

Ecco il punto è questo.

«Come già vedemmo essendovi nominato questo nobile Ippolito Berta in un documento del 1563 è forza pensare ch'egli avesse più di venti anni quando il paziente artista scolpì profondamente sul legno del letto il nome rimasto come a sfidare il tempo; e secondo la leggenda egli dovette essere di carattere altero ed irrequieto nel desiderio di salire in alto nello Stato. Forse non essendo neppure, a quanto pare, ammesso a Corte, si ribellò contro l'avverso destino, e fu mandato in Val Grande con l'ordine di non uscirne più.

«Vicino al suo piccolo castello, non vedesi traccia di ponte levatoio o di fortificazione, e forse egli si ridusse nella valle; col cappellano di cui vedevasi in altri tempi il ritratto vicino a quello del suo signore, e coi servi, ma senza seguito di uomini d'armi. E benché non avesse Ippolito, a quanto pare, nella valle potenza di feudatario, pure visse fra un lusso signorile del quale rimane qualche lieve traccia fra le rovine del suo castello, ove vennero trovate pure armi, monete ed altri oggetti che gli appartennero.

«La leggenda non racconta in qual modo egli passasse in Val Grande i tristissimi giorni dell'esilio, e dobbiamo pensare che, siccome usavano i nobili in quei tempi, egli si provasse a vincere la noia col dare la caccia ai camosci ed ai lupi, senza potersi cimentare cogli orsi dei quali rimase ancora lungamente riservata la caccia ai Duchi. Forse, quando la neve cadeva senza posa sulla valle e sulle montagne altissime che vedonsi a poca distanza dal castello, Ippolito, rinchiuso nella sua camera, passeggiava a lungo sul pavimento ora coperto di fieno, lasciando che il suo pensiero andasse lontano coi pari suoi; e mentre egli era solo in quel triste ambiente, senza speranza di miglior fortuna, i ceppi ardevano nell'immenso camino; dalle alte finestre vedevasi la neve sollevata nei turbinii del vento, sotto la tinta plumbea del cielo, ed il silenzio sepolcrale della valle più non era rotto dal cupo fragore del fiume, essendo questo gelato alle sue sorgenti, ma solo dal crepitar della legna in mezzo alle fiamme e dai lugubri guaiti dei cani da caccia rinchiusi nel castello.

«Forse in quelle ore che divenivano eterne, Ippolito più non vedeva le mura dipinte, i massicci mobili scolpiti, le cortine pesanti intorno al letto di legno; ma anelava all'ora febbrile della lotta sui campi di battaglia; finché parevagli di stare a faccia a faccia coi nemici del suo paese, e l'ebbrezza che sale al cervello dei forti nelle ore solenni del pericolo gli metteva uno splendore nuovo d'audacia e forse di bellezza sul volto; ma quando cessava il momentaneo delirio, ed egli ritrovavasi nell'intollerabile solitudine, doveva piangere amaramente, né v'era chi sapesse al mondo di quel pianto e di quel dolore.

«Ignorasi per quanto tempo Ippolito rimase nel suo castello, ma finalmente più non seppe soffrire lo strazio che gli faceva disolata la vita. Uomo libero non volle più l'esilio nella valle, e forse lo vinse pure un tedio intollerabile della solitudine fra le montagne, le nubi ferme d'autunno contro le pareti brulle e le punte minacciose gli pesavano sulla fronte e sul petto ed egli tentò un'impresa audace, della quale non è possibile trovar notizie perché non vien ricordata né dalla storia, né dalla leggenda; questa narra solo a tal riguardo che prima di lasciar*** egli disse a tutti che tornerebbe vittorioso e vestito di rosso o che non lo vedrebbero più.

«Andò Ippolito alla Corte innanzi al suo Signore ad implorare la grazia? Non mi pare, perché egli dovette esserne incapace innanzi ad altri che a Dio; ma ammettendo che non andò a chiedere il perdono, quale fu il suo scopo ed in qual cimento si mise?

«Non credo che sarà dato ad alcuno di rispondere con certezza a quest'interrogazione, ed è meglio così, perché se avvenisse di conoscere la verità, questo, forse toglierebbe alla figura d'Ippolito il fascino che il mistero e la leggenda le mettono intorno; e parmi che il miglior partito sia di non più interessare il passato e di ripetere semplicemente quanto ancora di lui si narra in Val Grande, e si narrerà ancora nei secoli che verranno; finché nelle veglie, quando la neve coprirà i tetti bigi, i fanciulli impareranno dai nonni le vecchie tradizioni, queste ci raccontano pure in due modi diversi la causa che trasse a morte Ippolito e sono concordi solo nel dire che precipitò al Roc Berton; alta rupe che prese questo nome dopo la morte del giovane principe, e vedesi dalla via di Val Grande. Sorge nera e minacciosa dalla Stura, non lungi dal monte Bastia sotto Sant'Ignazio, e l'acqua verde e profonda le spumeggia intorno.

«Sull'alto di quella rupe vedesi uno strano pilastro con antichi dipinti, e questo ci prova che realmente un fatto tragico accadde sul Roc Berton; perché è costume in Val Grande di erigere, specialmente lungo le strade, dei pilastri in onore della Madonna o dei Santi, per ricordare una morte violenta avvenuta; e chi ha sentito la leggenda d'Ippolito Berta, non può guardare quella rupe nera, l'acqua profonda, il paesaggio così triste in quel sito senza essere profondamente commosso.

«Alcuni dicono che mentre Ippolito ritornava in***, vittorioso e vestito di rosso come aveva promesso, fu assalito vicino al Roc Berton da masnadieri, che facilmente si potevano incontrare in quel tempo, essendo mal sicuro le vie, spesso tarda o impotente la giustizia, e non avendo potuto egli liberarsi da quei nemici in una lotta furiosa fu da essi precipitato dall'alto della rupe nella Stura, ove morì, altri narrano che incontrò vicino alla grossa rupe un incognito cavaliere che era forse suo nemico, e che un feroce combattimento ebbe luogo fra i massi scuri delle montagne; né la voce del torrente copriva il suono delle armi cozzanti, finché Ippolito ferito a morte cadde e balzando da roccia a roccia precipitò nel fiume, ove morì fra quell'acqua verde che forse tante volte egli aveva guardato con invidia nei giorni tristi dell'esilio, mentre essa correva libera, sempre verso la pianura e l'orizzonte sconfinato.

«Da molto tempo la fantasia di uomini illustri per sapere e per forza d'ingegno andò immaginando strane cose intorno all'uomo che portò sul volto la maschera di ferro, e non si lasciò intentato alcun mezzo per mettere alla luce quella misteriosa figura. Invece Ippolito, vissuto per qualche tempo in Val Grande fra la solitudine delle Alpi non attrasse neppure la curiosità dei suoi contemporanei.

«In quel tempo le vicende di guerra e di pace, i continui pericoli, l'incertezza del domani, la tema dell'avvenire che poteva da un momento all'altro farsi minaccioso al pari del passato, toglievano alle menti dei Piemontesi quella serenità che può dar vaghezza di scrivere minute cronache.

«Pareva che il pensiero della sicurezza generale dello Stato vincesse ogni altra cura a quella estranea; l'individuo che non fosse collocato in alto, su tutti gli altri, rimaneva spesso inosservato, finché la sua figura svaniva nell'ombra, e ripeto che non v'è chi abbia raccontato cosa alcuna d'Ippolito, neppure il Cambiano nei *Memorabili*, agli ambasciatori veneti alla Corte di Savoia, o il cronista di Rivoli.

«Ma gli alpigiani sono tenaci negli affetti, e par da generazione a generazione passi, insieme al ricordo mesto della vita e della morte d'Ippolito, un sentimento gentile ed affettuoso per la sua persona. Di certo egli non fu signore prepotente e feroce, mentre riposa sotto l'erba fina in qualche camposanto della Val Grande, aspetta che il canto di un poeta, o la parola di un romanziere illustre, mettendo un fascino nuovo intorno alla semplice leggenda che ho raccontato dalle labbra degli alpigiani, dica il suo nome ad ogni cuor gentile che ami sapere i casi pietosi di gente vissuta nelle lotte e nel dolore».

Doveva vederla la faccia di don Celestino quando stamattina gli ho chiesto le chiavi della cappella di San Domenico. Non ha detto niente, ma io so cosa ha pensato, ha pensato: «Guardala qui la pecorella che torna all'ovile»; e poi avrà aggiunto: «Quandi che l'usel a ven frust 'l Vangelo a ven giust». Mi scusi la frase un po' volgare, era per dire che quando uno... beh insomma quando uno non ci tira più allora ritorna in chiesa. Don Celestino vedendomi andar per chiese tutti i giorni avrà sicuramente pensato che è arrivata la mia ora, ma non è mica così: che tiri o non tiri io a fare il berlica balaustre non ci vado, specie se in chiesa c'è don Celestino.

Quando c'era don Crivello, allora era un'altra cosa; non passava sera che il prevosto non venisse "agli Amici" a bere e a fare una partita a tarocchi e anche a biliardo se la cavava mica male. È stato parroco qui per quarantotto anni; non so come mai, ma da noi i parroci non vengono spostati: è una tradizione, se uno viene nominato parroco del nostro paese lo resta per tutta la vita. Quando il vescovo si accorge che il prete è ormai alla fine gli manda un viceparroco che non appena l'altro muore diventa parroco lui. Il giorno che è arrivato don Celestino, don Crivello è venuto "agli Amici" come al solito e a quelli che erano lì ha detto: «È meglio che cominci a salutarvi tutti perché oggi mi hanno mandato il cornaias, il corvo». Da allora si è visto sempre meno e sei mesi dopo è morto.

L'ultima predica la fece nella messa di Santa Cristina del '34, mi ricordo ancora che disse queste parole: «Amici, è venuta l'ora di rigare diritto, per me che mi sto avvicinando all'ultimo bicchiere di vino e soprattutto per voi, perché il Signore ha mandato in questo paese un suo occhio speciale, un occhio che non si chiude mai». Alludeva a don Celestino naturalmente. In quei mesi che avevano vissuto insieme in canonica lui aveva cominciato a capirlo, ma anche a noi ci bastò poco.

Le prime ad accorgersene sono state le donne, che sono sempre lì a confessarsi. Le ragazze giovani poi uscivano dalla chiesa quasi sempre in lacrime. È per via di quello che succede nei fienili. Qui di cose da fare la sera non ce ne sono mica tante, o ascolti le quintes delle nonne nella stalla, o giochi a tarocchi all'osteria o... E tutti quelli che possono scelgono la terza cosa e così don Celestino nel confessionale diventa una furia.

Poi ogni tanto finisce male, come con quella poveretta dell'Anna Teresa, la più giovane delle donne di Ciavanes. Ciavanes è la frazione più sperduta tra tutte quelle del nostro comune, è su all'inverso e non ci arriva la strada, è quasi un alpeggio. Noi la chiamiamo la frazione delle donne perché ci vivono quattro famiglie, ma l'uomo più vecchio è il figlio della Marioli che ha dieci anni. Ci sono mamme, nonne e persino bisnonne, ma nessuna di loro è mai stata sposata; a Ciavanes gli uomini passano, fanno e poi se ne vanno o vengono cacciati. È quasi una tradizione e nessuna delle donne di Ciavanes si è mai immaginata di sentirsi in colpa, nessuna tranne l'Anna Teresa che appena rimase incinta per la prima volta andò a confessarsi da don Celestino. Era andata la domenica, poco prima di Messa Granda e l'avevano vista tutti uscire piangendo: la trovarono nel Bramafam incastrata tra due rocce poco più sotto del ponte del sentiero per Ciavanes. Dissero che era scivolata mentre tornava a casa, ma lo sappiamo tutti che si è buttata giù per i rimorsi che le ha fatto venire quello là.

Con noi uomini, invece, don Celestino ce l'ha perché non andiamo a messa se non per i funerali o nelle feste del paese. C'è chi non va perché ha da lavorare, chi non ci va perché è comunista, la maggior parte perché non può vedere il parroco. Io non ci vado perché non capisco. No, lo so che la messa non è più in latino, ma non sono solo le parole che non capisco, è tutto il resto.

Cercherò di spiegarglielo ma non è facile. Lei non è mai stato qui d'inverno, la nevicata dell'altro giorno è solo un assaggio, ma ci sono dei mesi che non smette mai e le nuvole tagliano la montagna a metà. Ecco, in quei mesi io devo fare uno sforzo per capire che più in là, in mezzo alle nuvole, c'è il colle e dietro il colle c'è la Francia. Mi sembra che ci possa essere solo quello che sto vedendo e che tutto quello che c'è siano queste case, la neve e le nuvole. Il mare, per esempio, so che c'è, ma non l'ho mai visto e allora non lo capisco e neanche mi interessa capirlo.

È così anche con la messa. Si parla di cose che non capisco perché sono lontane molto più del mare. Le montagne, quelle sì le capisco, i prati, i sentieri, le vacche, se don Celestino venisse a parlarmi lì, forse riuscirei a capire, ma stare in chiesa a sentir parlare di cose che non vedo, proprio non ci riesco.

Vedere per me è importante, non sono capace a immaginare, non sono come Tino, lo scultore. Tino sta nell'ultima casa verso il colle e in paese viene proprio di rado. Passa tutto il tempo a scalpellare la pietra e si ostina a voler andare a prendersi da solo la materia prima fino alla pietraia del Gias Nuovo, così adesso che ha novant'anni suonati le sue sculture diventano sempre più piccole.

Ecco, Tino, le dicevo, scolpisce senza modello delle cose che non ha mai visto: ogni tanto, d'estate, davanti a casa sua passa qualche forestiero che va sul sentiero del colle, allora Tino gli offre un bicchiere di vino e si fa raccontare storie di altri posti, si fa descrivere le cose, gli animali, le facce strane e poi scolpisce. Prenda la tartaruga ad esempio, quando mai si è vista una tartaruga da queste parti. Qui in paese non è mai arrivata una tartaruga, neanche in fotografia e Tino non è mai andato neanche fino alla stazione, non si è mai mosso: eppure io sono andato una volta al giardino zoologico in città e posso dire che la tartaruga che ha scolpito Tino, non fosse per il colore, sembrerebbe vera.

Però ogni tanto si sbaglia anche lui, come è successo con la fontana del Garibaldi. Tanti anni fa, era appena finita la grande guerra, ha fatto una fontana con su scolpita la faccia di un uomo con la benda sull'occhio e con il tubo che buttava fuori l'acqua dalla bocca e poi l'ha chiamata la fontana del Garibaldi. Così io, finché non ho visto su un libro il quadro con Garibaldi che stringe la mano al re, ho sempre creduto che Garibaldi avesse perso un occhio in battaglia. Chissà cosa avevano raccontato a Tino quella volta, magari ha fatto confusione tra la storia d'Italia e le storie dei pirati, oppure qualcuno ha voluto prenderlo in giro.

Comunque Tino è proprio un bel personaggio, a guardarlo sembra di vedere l'uomo selvatico delle storie che raccontano da queste parti. È alto quasi due metri, con delle mani grandi come delle pale e poi ha una barba grigia che non si taglia da almeno trent'anni. Tino ha già preparato la pietra per la sua tomba, l'ha scolpita in una losa che peserà un quintale, questo lo so perché siccome non sa scrivere mi ha fatto andare un giorno a casa sua, poi mi ha portato davanti alla losa, mi ha dato un pezzo di carbone in mano e mi ha detto: «Scrivi: qui giace Tino Aimo di GiovanBattista, uomo libero». Bisogna però vedere se don Celestino gliela farà mettere nel cimitero una lapide così. Che si sappia, Tino è entrato in chiesa una sola volta tanti anni fa. Era andato a pregare per sua moglie che era ammalata, ma mentre era inginocchiato davanti al Crocifisso, don Celestino l'ha fatto alzare dicendo che un uomo che in vita sua non si era mai confessato non poteva stare così davanti a Dio: io non c'ero, ma dicono che Tino si sia alzato e i due si siano guardati negli occhi per cinque minuti senza dire una parola e senza mai abbassare lo sguardo, poi Tino è uscito e nessuno l'ha mai più visto in chiesa.

Ecco siamo arrivati alla cappella di San Domenico, così può vedere se trova altri dipinti di pittori francesi.

Aneddoti! Per favore, fermiamoci agli aneddoti. Non chiedetemi di sopportare anche delle riflessioni da quattro soldi: vedere, credere, conoscere. Non coinvolgetemi in questa debole filosofia ruspante. Non chiedetemi di entusiasmarmi romanticamente per il pensiero ingenuo. Quel po' di intenerimento che ancora mi è possibile lo riservo a Rosetta, un po' puttana certo, ma indubbiamente dolcissima in quella foto sulla sua tomba. Il suo volto non mi abbandona, ieri l'ho visto in una delle madonne che completano in alto ogni ex-voto. Non credo di sbagliarmi, era proprio il suo viso, quello della foto del cimitero. Il quadro era semplice, infantile come tutti gli altri. Raffigurava un'ammalata in un grande letto, di quelli con la testiera in legno ricurva e altissima, con i parenti attorno a pregare, niente di speciale dunque, anzi, per di più doveva essere stato rovinato perché in basso, su quello che avrebbe dovuto essere il pavimento ai piedi del letto, c'era una strana forma, quasi una macchia. L'autore non aveva indicato la data del miracolo, ma se è vero che, come dice il sindaco, dal '46 gli ex-voto li ha fatti tutti il Mancino usando sua cugina come modella per la Madonna, quel quadretto doveva essere di qualche anno precedente.

Oramai le mie tracce sono sempre più esili, appigli fragilissimi a cui mi aggrappo disperatamente mentre attendo di poter lavorare su elementi più concreti. Nella lettera che sono finalmente riuscito a spedire in città ho richiesto informazioni su quei Traversa, quelli che avevano la falegnameria: nella galleria di personaggi che il sindaco mi fa visitare quotidianamente, sono loro oggi i sospettati numero uno.

E così, aspettando un dattiloscritto pieno di ribattiture e di insulti alla lingua italiana, inseguo, di chiesa in chiesa, di cappella in cappella, i ritratti della vittima. Anche le pareti di questa cappella non sono che un'unica rappresentazione della sofferenza nelle sue infinite varianti: soldati mutilati dalle granate, feriti da altri soldati, bambini caduti in fiumi gelidi, malati dal colorito terreo, fienili incendiati, pastori colpiti dal fulmine, uomini travolti da valanghe, da frane, da mandrie impazzite, da carri rovesciati, da piene improvvise.

Rappresentazione unica della morte beffata per un soffio, come nelle fiabe dell'eroe astuto, in un'illusione della vittoria impossibile.

Li guardo uno per uno questi quadri, questo repertorio di tragedie sfiorate: prospettive errate dove oggetti dalle dimensioni improbabili sembrano sempre sul punto di rotolare gli uni sugli altri. Le proporzioni non sono quelle del reale, né tantomeno quelle delle leggi della pittura; sono le proporzioni del dolore a dettare le loro regole. Le figure simbolo del dramma riempiono la scena grottescamente deformate e dominanti: gli ammalati giacciono in letti tutti uguali ed enormi, i fiumi dei mancati annegamenti so-

no tutti larghi quanto la valle che li ospita, i massi delle frane sono sempre montagne che rotolano su altre montagne lungo il pendio di una montagna. Le proporzioni del dramma prevedono uomini piccolissimi sopraffatti dagli oggetti o persi nella vastità dei loro letti, domestiche metonimie della malattia.

Su ciascuno di questi miracolati veglia vigile una madonna disegnata sull'alto a destra. Forse ognuno di noi ha una madonna in alto a destra, proprio sotto la cornice. Io ho trovato la mia: ha il volto di Rosetta. È là nell'ultima fila di quadretti, la più alta. Nella chiesetta ci sono decine di madonne con il volto della cugina del Mancino, altre con la faccia rubizza di qualche ragazza del paese, ma un solo ex-voto ha una madonnina con i lineamenti di Rosetta. Un uomo incornato da una vacca, ecco su chi vigila la mia Rosetta: un grande prato, un uomo, una vacca e sul verde dell'erba, in basso, anche qui una strana macchia scura.

Tira vento, ma non è vento di Francia. Non è la solita aria, quella che passa il colle. Questo è il vento dei minatori, dicono che venga dall'Africa. Forse c'è sempre stato, ma qui in paese lo si ricorda solo dalla strage del Beth. Per quello che si chiama vento dei minatori.

La sente la campana? Sta suonando nella cappelletta del Beth, quella su nel vallone. Suonerà per due giorni, senza fermarsi. Mai. Tutti gli anni è così. Da quando è successa quella faccenda della miniera, o meglio, da qualche anno dopo.

Su al Beth c'era una cava di calce. Non era una gran cosa, ma dava da lavorare a più di venti persone, senza contare quelle impegnate giù in fornace. Alla fornace della calce lavoravano altre dieci persone, contando anche il povero Piero. Poveraccio, non riesco ancora a capire come abbia fatto a salvarsi la pelle dopo quel volo. È caduto dalla balconata più alta, guardi, la può vedere anche da qui, proprio sotto il tetto di lose, dove finiscono i forni rotondi in mattoni rossi. Saranno almeno venti metri. E poi cosa ci faceva di notte lì sopra?

Vede che attorno alla Rosetta ci sono un sacco di misteri, ma qui non se ne accorge nessuno. Siamo gente semplice noi. Le cose succedono perché devono succedere e una volta che sono successe nessuno si chiede perché. Si prega la Madonna che non capiti più e si continua ad andare avanti allo stesso modo.

Non sempre però! Le cave del Beth, per esempio, non le hanno mai più riaperte dopo quello che è successo. La gente non si fa domande, ma però alla sfortuna ci crede e bisogna dire che quella calce sembrava proprio maledetta. Una tragedia così e poi, appena un anno dopo che Piero era caduto dalla fornace. Lui però non è morto, non subito almeno. Le gambe gliele aveva steccate Giovanin 'd Tinin, il comunista, con i soliti rami di quel noce che c'è sulla piazza dal mercato, ma non era servito a niente. Povero Piero, finire bloccato su una sedia, un ragazzo grande e grosso come lui.

Certo che a quei poveri cristi della miniera è andata anche peggio.

Si era in questa stagione, ma in quell'anno non aveva ancora messo giù un dito di neve e così avevano deciso di tenere aperte le miniere ancora per qualche giorno. Ai minatori un po' dispiaceva, ma tutto sommato qualche soldo in più gli faceva anche comodo. Era tutta povera gente che veniva da fuori, erano quasi tutti sardi. Tutti quanti avevano già scritto a casa che sarebbero arrivati dopo pochi giorni e invece... Lo so perché le lettere gliele scrivevo io quelle rare volte che venivano giù in paese. A quei tempi io ero uno dei pochi che sapesse scrivere in italiano e in bella calligrafia, allora venivano giù la domenica, mi pagavano da bere alla cooperativa e poi mi dettavano. A dire il vero a volte non sapevano neanche cosa scrivere: certo di cose da raccontare non potevano averne molte, sempre lì in miniera a lavorare e la notte a dormire nelle baracche.

Quell'anno, comunque, non aveva ancora messo giù un dito di neve e loro erano ancora tutti alle baracche. Poi un giorno, anzi una notte, proprio come se fosse ieri notte, una nevicata dell'altro mondo. In una nottata ne è venuto un metro qui in paese, figuriamoci in alto. Una cosa mai vista. I minatori sono rimasti bloccati su, ma il peggio è venuto il giorno dopo.

La mattina alle cinque il cielo era di nuovo sereno, ma un'ora dopo stavano già arrivando certi nuvoloni neri che te li raccomando! Solo che non c'era aria da neve. Sa quella bell'aria da neve che senti sulla faccia che ti punge. Quell'odore che tiri su col naso e dici "tra un po' nevica" e allora corri a metter dentro tutte le bestie e a portar su il vino dalla cantina. Tutto all'incontrario! L'aria non era per niente fredda e c'era un'umidità da mese di settembre. E infatti non erano neanche le nove che ha attaccato a piovere dappertutto, anche sulle cime.

È stato il finimondo, sembrava un temporale, di quelli d'estate, ma senza losne. Pioveva grosso un dito. Quelli su alle baracche avrebbero dovuto venir giù subito e invece hanno aspettato, forse perché non volevano camminare in mezzo a tutta quella neve, o forse perché non volevano bagnarsi. Fatto sta che sono rimasti dentro le baracche e quelle sono state la loro tomba. Tutto in un momento c'è stato un rumore che così forte non l'avevamo mai sentito. Quelli che eravamo fuori abbiamo guardato in alto e abbiamo visto il ghiacciaio che andava in pezzi: c'erano dei seracchi grossi come delle case che venivano giù uno dietro l'altro e scendevano nel vallone del Beth tirandosi dietro tutta la neve che era appena caduta. Le baracche si sono mosse anche loro: sembrava che galleggiassero sulla neve perché si spostavano ancora intere, poi, quando tutta quella roba, ghiaccio, acqua, neve, è arrivata a quel salto di roccia dove il vallone del Beth si butta su quello del Bramafam, beh, allora lì le baracche si sono sbriciolate e non le abbiamo più viste.

Ha piovuto per una settimana di fila e il Bramafam ha allagato tutti i campi bassi, un po' come era successo quando aveva spazzato la casa dei Colombo, quelli del Pretino che dice la messa ogni sera. Chi aveva la casa sulla strada della bialera si è trovato con un metro di fango nella stalla.

Quando poi l'acqua si è ritirata abbiamo visto una scena che a pensarci mi viene la pelle d'oca ancora adesso. È stato giù, ai prati di Carlo, il panettiere, lì il Bramafam comincia a scorrere un po' in piano, prima è quasi tutto a cascate. Ecco, dicevo, nei prati di Carlo si erano fermati tutti gli alberi che erano stati tirati giù dalle valanghe e dal fiume; erano lì, senza foglie, da lontano sembravano degli scheletri neri, ma poi, quando ci siamo avvicinati è stata una cosa! Si figuri che, con rispetto parlando, a qualcuno ci è anche venuto da vomitare. Imprigionati dai rami degli alberi c'erano i minatori morti. Non tutti, qualcuno non si è mai più trovato, ma c'erano diciassette morti. Ecco perché i prati del panettiere adesso li chiamano Campo dei Morti, che poi qui attorno ci saranno almeno altri dieci posti che si chiamano così.

L'estate dopo abbiamo costruito la cappella alla cava, per ricordare quelli che ci hanno lasciato la pelle, e ci abbiamo messo una bella campana. Tutti gli anni, all'anniversario, si andava su a dire la messa per quelle povere anime, pensi che don Crivello ha voluto dirla lui, fino all'ultimo, anche se oramai era così debole che bisognava sorreggerlo per tutto il cammino. Don Celestino invece l'ha celebrata un anno solo, il primo, poi ha detto che le preghiere Dio le ascoltava anche se le facevamo in parrocchia e non è più voluto andare su. Fatto sta che da quando don Celestino ha smesso di fare la messa per i minatori, tutti gli anni a quest'epoca si alza questo vento strano che fa suonare la campana del Beth.

Non è una storia allegra, ma almeno le ha fatto passare il tempo mentre aspetta la corriera. Davvero non vuole che l'accompagni giù alla stazione? Lo faccio volentieri sa.

Una stazione, una rivelazione. Ho scoperto come nasce il mito. Ho visto in questa stazione oggetti dalle forme note solo alla mia anima e non alla mia memoria. Panche sulle quali devo essermi seduto con i piedi che non toccavano ancora terra. Maniglie che girai aggrappandomi con le due mani, con le braccia tese verso l'alto. Cartelli che vidi senza saperli leggere, senza sapere cosa vuol dire leggere. Il mito nasce ai margini del ricordo, su cose che abbiamo visto, ma che non sapremmo descrivere, che non ci verrebbero in mente se il caso non ce le mettesse di fronte. È il mito delle origini, della fondazione della nostra cultura tecnologica. Questi oggetti imprecisi che si annidano nei solai più polverosi del nostro cervello, perdono il contatto con la realtà: sono l'età dell'oro e del miele e vivono qui, nelle stazioni sperdute, come tra i Bororo.

«Non legga così tanto commissario, e poi in francese! Vuole proprio darci uno schiaffo di cultura», me lo dice spesso il questore. Ha ragione, a cosa serve un poliziotto istruito. Semplici e pratici come l'agente Jacono, così bisogna essere! Comprensibili a tutti. È per questo che sono sceso fino alla stazione con la corriera. Perché la lettera che Jacono ha dato, secondo le mie istruzioni, al ca-

potreno è comprensibile a tutti ed è meglio che su in paese non la vedano: a qualcuno potrebbe venire la tentazione di aprirla.

Egregio commissario,

Le comunico informazioni da lei richiestemi riguardo la famiglia Traversa. Traversa Girolamo, nato il 3 marzo 1891 e morto il 14 maggio del 1955, nessuna notizia particolare circa le circostanze del decesso. Traversa Adelina nata il 12 dicembre 1901 è morta l'anno scorso in un ospizio dove era ricoverata da quando aveva lasciato alle suore l'appartamento di Lungodora Napoli. Le suore mi hanno detto che se non sarebbe stato per loro la vecchia moriva molto tempo prima, perché non aveva nessuno e nessuno la veniva mai a trovare.

Sulla figlia è giusto quello che le hanno detto. Teresa Traversa, nata il 19 gennaio del 1920 risulta deceduta nell'incendio di un deposito di legname del paese dove è lei adesso. La data della morte è il 7 ottobre 1943. Morti anche i due fratelli più vecchi, incidente stradale, schiacciati da un camion sul loro moto-sidecar (si scrive così? Ho chiesto anche all'agente Rapisarda ma non lo sapeva, a proposito, le manda i suoi saluti). Stando al rapporto della stradale l'incidente è stato nella notte tra il 2 e il 3 dicembre 1955. Il Traversa Giacomo, il più vecchio, 37 anni, era uscito di prigione la settimana prima. Era stato condannato per omicidio preterintenzionale. A quanto pare era un picchiatore fascista, ma sembra che il delitto non c'entra niente con la politica. Con un pugno ha mandato all'altro mondo uno che gli aveva imprestato dei soldi e che li rivoleva indietro, un pugno solo, è morto per commozione cerebrale.

Il terzo fratello potrebbe invece essere vivo, è del '43. Ho chiesto informazioni alla portinaia della loro vecchia casa di

Lungodora Napoli, che è la stessa da trentacinque anni. Mi ha detto che, per quanto ne sa lei, il Traversa Alberto è andato in Francia nel 1962 per fare il maestro di sci. Mi ha anche fatto vedere una cartolina che le aveva mandato nel '63. Mi sono segnato il posto da dove arrivava, l'Alpe d'Huez. Da allora non se ne è più saputo niente. La portinaia dice che era molto diverso dagli altri della famiglia, era molto gentile e poi aveva uno strano difetto di pronuncia, dice che parlava come un cravot. Mi son fatto spiegare dall'agente Ferrero cosa vuol dire cravot. Ferrero dice che vuol dire capretto.

Ho anche chiesto al capo se era meglio che faremmo cercare il Traversa Alberto in Francia, ma mi ha detto di aspettare che se vorrebbe ci penserebbe lei.

Saluti da tutta la squadra.

AGENTE ANTONIO JACONO

"Se vorrei ci penserei", d'accordo, ma non ci penso affatto. E poi se dovessi cercare tutti quelli che sono andati "Di là dal colle", come direbbe il sindaco, passerei almeno un anno all'estero.

Anche se forse un po' di tempo all'Alpe d'Huez non mi dispiacerebbe proprio. Magari tra poco, quando ci faranno le olimpiadi.

Certo, una vacanza, me la merito. E poi una promozione, una bella scrivania grande e lucida, con il piano di legno e non della solita finta pelle verde: un premio per aver risolto brillantemente questo intricato caso.

« Vogliate perdonare signori se vi ho riunito in questa fredda chiesa e specie lei signor questore che è salito fin quas-

sù appositamente dalla città, ma era necessario che la verità sull'omicidio di Rosetta venisse alla luce proprio qui, sotto gli occhi della vittima nella chiesa del suo paese. Sì, signori, Rosetta è lì che ci guarda, ha imprestato il suo volto alla Madonna di quell'ex-voto lassù in alto a destra, quello con l'uomo incornato dalla vacca e adesso attende che io vi dica il nome di chi l'ha uccisa. Vi ho riuniti tutti qui perché fin dall'inizio ho sospettato di tutti. Ho sospettato di lei Maciste. Da prima ho pensato che l'avesse ammazzata perché era una spia dei tedeschi. Era la soluzione più semplice e lei che ammazza un vitello con un pugno non avrebbe certo problemi a far fuori una ragazza. Poi l'ho seguita fino al colle e l'ho vista baciare quella foto di Rosetta. Allora ho pensato che poteva averla uccisa per gelosia, oppure non averla uccisa affatto. La gelosia sarebbe stato davvero un bel movente: nella foto che lei ha baciato la Rosetta era vicino a Mini 'd Luis e nello stesso momento in cui stava con lei, questo me lo ha detto Alpininrussia. Oppure potevano essere tornati alla ribalta altri come Gnasio e Giovanot, che, a quanto dice Teleferica, avevano avuto una conoscenza piuttosto intima della vittima.

«E infatti ho sospettato anche di voi due che adesso sedete lì al secondo banco, i due fratelli di latte. Uno di voi due poteva averla uccisa perché non lo amava più.

«E poi ho avuto sospetti più o meno seri su tutti quanti. Ma adesso posso dirvi chi è il colpevole e se la morte non lo avesse preso con sé già da alcuni anni, potrei avere il gusto di indicarlo e di farlo confessare, proprio qui, in chiesa, in questa piccola cappella fredda e illuminata solo dalle candele votive.

«Il colpevole è Giacomo Traversa, il cittadino, il bel villeggiante, il fascista.

«Partiamo dal movente. I partigiani gli avevano bruciato la fabbrica e nell'incendio era morta la sorella, Teresa Traversa. Considerate le sue simpatie per i fascisti, simpatie che non cessano neppure con la fine della guerra, direi che di odio per i partigiani poteva covarne abbastanza per ammazzare. E veniamo al delitto. Giacomo Traversa potrebbe far la spia per i tedeschi, ma non è detto che sappia esattamente dove sono i partigiani: da qualche tempo la gente del posto è, per così dire, un po' fredda con i Traversa e sicuramente non racconta loro grandi cose. Ecco come mai anche l'ebreo Avigdor può salvarsi dai rastrellamenti. Qualcosa però il Traversa riesce a saperla, e cioè che Rosetta se la intende con qualcuno di quelli che sono su in montagna.

«E arriviamo così al delitto. Rosetta, lo sappiamo, non era insensibile al fascino del cittadino, anzi ne era stata innamorata. Beh, certo era roba di qualche anno prima, ma sappiamo bene quanto possono covare sotto la cenere certe fiamme. Una sera Giacomo Traversa la avvicina e mostra per Rosetta quell'attenzione che lei da molto desiderava. Le fissa un appuntamento in un luogo appartato, al castello del soculé, tanto è anni che nessuno abita più lì. Rosetta ci va, è scuro e il posto è davvero deserto, dopo un po' arriva anche Giacomo. Forse la abbraccia, le dà qualche bacio, la fa sentire sicura, ma quando lei si volta lui raccoglie un sasso e la colpisce: un colpo solo, quello decisivo».

Qual è il poliziotto che non desidererebbe concludere un'indagine in questo modo? Chi non vorrebbe sentirsi, per una volta, Rouletabille o Poirot? Mi è bastato chiudere un attimo gli occhi, aspettando questa corriera che non arriva mai, per cadere nella trappola di un finale teatrale, con me che misuro la chiesa a grandi passi, e la gente intabarrata che mi guarda senza parlare.

Eppure, anche nella messa in scena immaginaria, le congetture possono essere vere. Il rapporto dell'agente Jacono, pur con i suoi oltraggi alla sintassi, è preciso: Giacomo Traversa era un fascista e un violento e il movente non gli mancava. Tutto risolto, ma sento che non è così. Non è il sesto senso del grande detective, ma un comporsi di idee che non riesco ancora a fermare, che passano e ritornano, ma non hanno ancora forma precisa. Su tutte una sembra più delineata: non mi hanno mandato fin quassù, dopo tanti anni, perché io riporti un colpevole morto.

Visto che ci è piaciuta ci ho portato di nuovo della toma fresca da puciare nel latte e poi siccome mi ha detto che le interessano i pittori francesi, mi è venuto in mente che non le ho mai raccontato la storia del Matto.

Il Matto era un altro francese, uno dei tanti che, per un motivo o per l'altro, attraversavano il colle e si fermavano un po' da noi. A dire la verità non era affatto matto, era un pittore e doveva aver fatto la pelle a qualcuno, di là in Francia. Si diceva che avesse sparato al padrone della fabbrica dove lavorava sua sorella perché quel maiale, con qualche vestitino e qualche scarrozzata in macchina, era riuscito a portarsela a letto, ma sa, di cose se ne dicono tante.

Il Matto comunque dipingeva benissimo quando voleva; giù al Moderno c'è ancora la finestra finta che ha dipinto sul muro della sala da pranzo, c'è tutto, le gelosie, i gerani e il paesaggio: solo che è tutto finto. Sapesse quanta gente ci ha già picchiato la testa cercando di sporgersi!

Pitturava benissimo, dicevo, ma quando ci prendevano i cinque minuti, tirava fuori delle cose che non stavano né in cielo, né in terra. Certi sgorbi strani che non capivi nemmeno da dove iniziavano e dove finivano. Lui diceva che c'era un segreto e che bastava saper guardare dalla posizione giusta per vedere in quei ghirigori delle altre cose.

«Vous ne savez pas regarder mon ami. Il suffit un bon verre pour voire d'une façon différente».

E io di bicchieri ne ho sempre bevuti tanti ma i suoi scarabocchi non li ho mai capiti, né io, né nessun altro del paese se non il povero Piero, il papà di Rosetta.

Erano diventati amici lui e il Matto e sembra che gli avesse svelato il segreto degli scarabocchi, anzi forse gli aveva anche insegnato a dipingerli perché non era difficile vederli lì tutti e due col pennello in mano a disegnare cose strane e Rosetta, piccolina, sempre con loro a guardare. Piero allora era già paralizzato, ma le mani riusciva ancora a usarle bene. Gli zoccoli che faceva lui erano perfetti, neanche 'l soculé li faceva così levigati. E così anche a fare quadri sarebbe potuto diventare bravo, se non fosse che dipingeva solo quelle stramberie. Appena morto Piero, Chevalier, che era il vero nome del Matto, Chevalier dicevo se n'è andato via. Qualcuno dice che è tornato di là dal colle, qualcun altro è convinto che sia andato in bassa Italia. Io non ne ho mai più saputo nulla.

Leoni di pietra. Quale sortilegio vi ha trasformato in leoni di pietra... Forse il perfido Gelo, o la Babajaga? Leoni di pietra immobili anche quando soffia il vento del colle, quando tutti i cani abbaiano.

I leoni di pietra non si sono voltati neanche al mio passaggio sui tre scalini che introducono nel caffè Moderno, e neppure il loro padrone si è voltato. Il Pantera è immobile come i suoi cani. Dorme sul tavolo con una mano al bicchiere vuoto e l'altra sotto la testa.

Dorme malgrado nel tavolo a fianco giochino a tarocchi e parlino forte, fortissimo. È un patois stretto e le parole che riesco a capire sono come lettere sparse su di un foglio pieno di scarabocchi.

Peccato, ho sempre amato ascoltare i discorsi dei vicini. Era una cosa che Anna non sopportava, una delle tante che non andavano nel nostro matrimonio. Eppure era più forte di me, a volte mi sedevo apposta nei bar ad ascoltare e ad elaborare storie su ciò che sentivo. Guardavo i visi, indovinavo le parentele, le vicende familiari, giudicavo le possibilità di successo di matrimoni evidentemente freschi. Avevo maturato un'esperienza tale che sapevo ormai riconoscere piega per piega le smorfie che si di-

pingono sul viso di una donna quando sta per lasciare il fidanzato o il marito. Avevo una collezione mentale di tutte le parole che si dicono per far apparire necessario e inevitabile ciò che si vuole che accada, per simulare sofferenza nel prendere decisioni desiderate. Per questo, la sera che Anna arrivò a casa carica di pacchetti della gastronomia e mi disse "ciao" in un modo del tutto nuovo, capii che non ci sarebbero state altre sere insieme, né altri pacchetti della gastronomia.

A cena mi spiegò i motivi per cui se ne andava, ma non li ricordo. Si trasferiva a Milano, tanto la bambina era già grandicella, doveva iniziare le medie e perciò avrebbe comunque dovuto cambiare scuola, qui o a Milano che differenza faceva? Non so se mi disse che anche cambiare padre non sarebbe poi stato tanto traumatico, sicuramente lo pensava. D'altra parte non credo che abbia usato cure particolari nel comunicarmi tutta la questione, sapeva che non avrei retto alla farsa del "dispiace più a me che a te".

Per qualche mese, in ufficio recitai la parte del poliziotto troppo legato al proprio lavoro, che perde la famiglia e ciò che gli è più caro per amore della legge. Ma sapevo che non era così. Anna era sempre stata molto più forte di me; malgrado la bambina, lei si era laureata, era diventata una critica d'arte. Il suo attuale marito, se così si può chiamare, l'aveva conosciuto a un convegno sull'allegoria nella pittura. Anna faceva un intervento sul Paganino, uno che dipingeva persone con i rospi che uscivano dalla bocca, come nelle fiabe. Me ne aveva parlato a lungo, ma io mi limitavo a mostrarmi interessato, e forse lo ero. Ma man mano cresceva il senso di inadeguatezza. La separazione fu in fondo una liberazione: potevo riprendere le mie letture disordinate, i miei studi senza metodo.

Mi piace raccontarmi. Basta uno spunto, un ricordo, che faccio del mio passato un feuilleton mentale. Subisco il fascino delle parole, ma non di tutte. Gli aggettivi, ad esempio, non mi dicono nulla e lo stesso per gli avverbi. Ma i verbi, ah quelli sì che mi attraggono, il passato remoto ha su di me un potere cui non riesco ad oppormi. Pensare che il mio matrimonio possa essere diventato una serie di proposizioni rette dal passato remoto mi rende estremamente leggero. Avrei potuto passare ore a raccontarmi mentalmente, con parole silenziose, la mia vita.

Per fortuna la conversazione del tavolo accanto ha attirato la mia attenzione. Le frasi sono rimaste oscure come prima, ma la voce di un nuovo arrivato ha dato un diverso senso alle cose che so. È una voce tremante, che fa vibrare le vocali, quasi un belato. È la stessa voce di cui mi parla Jacono, ho qui la sua lettera.

«Il terzo fratello potrebbe invece essere vivo, è del '43. Ho chiesto informazioni alla portinaia della loro vecchia casa di Lungodora Napoli, che è la stessa da trentacinque anni. Mi ha detto che, per quanto ne sa lei, il Traversa Alberto è andato in Francia nel 1962 per fare il maestro di sci. Mi ha anche fatto vedere una cartolina che le aveva mandato nel '63. Mi sono segnato il posto da dove arrivava, l'Alpe d'Huez. Da allora non se ne è più saputo niente. La portinaia dice che era molto diverso dagli altri della famiglia, era molto gentile e poi aveva uno strano difetto di pronuncia, dice che parlava come un cravot. Mi son fatto spiegare dall'agente Ferrero cosa vuol dire cravot. Ferrero dice che vuol dire capretto».

È lui, è il terzo Traversa, è tornato. No, l'età non coincide, questo avrà almeno quarantacinque anni, l'altro è molto più giovane. Pista sfumata.

Mi metto a guardare i camosci fuori dalla finestra, ce n'è un intero branco. Naturalmente sono camosci finti, dipinti e la finestra è quella del Matto, il trompe-l'oeil in cui tutti sbattono la testa. Devo ammettere che è ben fatto e se fuori a quest'ora non fosse buio, si potrebbe anche credere di potersi affacciare da lì. Che tecnica quel matto! E nonostante tutto in basso sulla sinistra c'è una specie di macchia di colore, non ha perso l'occasione per fare uno di quegli sgorbi di cui parlava il sindaco.

Qui vicino continuano la loro conversazione. Il foglio pieno di scarabocchi sembra ora farmi intravedere qualcosa di più. Se mi sforzassi di capire la loro lingua franco-provenzale?

Ecco, parlano di una casa, la casa delle masche, delle streghe. È un fiume di voci che si sovrappongono... «Ma sì, quella di Tonieto 'l Ris, giù alla bialera». «Ah la ca' 'dle masche, quella senza il tetto». «Senza il tetto perché è maledetta». «Ma va là, maledetta». « Sì, proprio maledetta, che quando vent'anni fa mio padre ha cercato di rifarci il tetto, la trave di colmo si è piegata in due come uno stuzzicadenti». «Lì è perché si è fatto ciulare da Aldo della segheria che ci ha dato una trave marcia». «No, è proprio una casa maledetta, pensa che l'altro giorno scavando lì attorno ci hanno trovato delle ossa di morto». «Ma chi?». «Alberto, quello che sta al Villar». «Dove?». «Al Villar». «No dove le ha trovate». «Alla ca' 'dle ma-

sche, l'ha già detto prima». «Ossa di morto come?». «A me mi ha detto che erano abbracciate, come un uomo e una donna, ma c'erano solo più le ossa, non è che si capiva tanto». «Ma Tonieto non è il fratello della moglie di Pantera? Sta a vedere che non è vero che è scappata con il Rosso di là dal colle. Magari una sera Pantera li ha presi insieme nella casa del fratello di lei e li ha fatti belli che secchi subito, poi li ha sotterrati lì». «Certo che hai una bella fantasia, va. Sei come tuo padre che quando tornava dal lago della Fertà diceva che aveva preso delle trote che faceva segno con le mani e sembravano lunghe un metro». «Guarda che mio padre prendeva delle trote che tu non hai mai visto. Ci fosse ancora la Maria della locanda per chiederglielo, c'era gente che si sedeva a tavola e diceva: "Mi dia una trota, ma solo se ci sono quelle di Cravot"».

Ecco che ritorna il capretto, adesso mi viene in mente dove avevo già sentito parlare di quello strano difetto di pronuncia, della voce da pecora. Quello del tavolo a fianco allora è il figlio di Cravot, il pescatore più in gamba della valle, a quanto diceva il sindaco, ma è roba di quarant'anni fa. Parlandomi di lui il sindaco mi ha detto che lo chiamavano Cravot per via della sua voce e che tutti i suoi figli avevano il medesimo difetto.

Sillogismo: se tutti i figli di Cravot belano, Alberto Traversa bela, quindi Alberto Traversa è figlio di Cravot.

Ragionamento erroneo, ma affascinante. Affascinante perché apre una nuova possibilità sulla mia vicenda.

Teorema: Rosetta è stata uccisa perché sapeva che Alberto Traversa è figlio di Cravot.

Dimostrazione. Ci si ponga nel 1944, l'anno della morte di Rosetta. Si prenda un insieme A composto da tutti i ragazzi il cui padre naturale è uno del paese oppure un villeggiante o uno sfollato. Sia poi B un sottoinsieme di A che comprende tutti i ragazzi del paese che godono delle proprietà di cui sopra e che, in più, parlano con voce tremolante come quella di un capretto. Sia poi C un sottoinsieme di A che comprende tutti i figli, riconosciuti e non, di Cravot. Tutti i paesani sono portati a credere che il sottoinsieme C coincida con il sottoinsieme B, cioè che tutti e solo gli elementi di B siano elementi di C. Il che equivale a dire che i paesani credono che parlare con voce tremolante sia condizione necessaria e sufficiente per essere figli di Cravot. Per questo motivo nessuno, o quasi, crede che Alberto Traversa sia figlio di Cravot, in quanto egli non appartiene a B, cioè non parla con voce da capretto, ma ciò semplicemente perché nel '44 Alberto Traversa, che ha un anno, non parla affatto, ovvero perché parlare con voce tremolante è condizione sufficiente ma non necessaria per essere figli di Cravot.

Noi oggi sappiamo che Alberto Traversa parla con voce di capretto e che pertanto è figlio di Cravot, ma forse già nel '44 Rosetta era a conoscenza di quest'ultima verità e cioè sapeva che il più giovane dei Traversa apparteneva al sottoinsieme C, pur senza appartenere a B. Come faceva a saperlo? Forse era solo un sospetto, forse aveva visto Cravot insieme alla signora Traversa, forse correva-

no voci che stranamente neanche il sindaco conosceva. Rosetta sa o dubita e minaccia di riferire al signor Traversa padre e questo per ottenere qualcosa dal Traversa figlio maggiore o per vendicarsi del suo rifiuto. A questo punto qualcuno potrebbe averla uccisa per farla tacere. I sospetti cadono su: a) il figlio maggiore dei Traversa (già considerato con altro movente), b) la signora Traversa (improbabile), c) Cravot, d) il figlio maggiore di Cravot, già grande all'epoca, su istigazione del padre.

Tutte ipotesi campate in aria, senza contare la fallacia del sillogismo. Eppure, mi ripeto, affascinanti come lo è il sillogismo stesso. Chissà perché amo questi trabocchetti della logica, come quello di quel filosofo inglese sul barbiere. È dura ricordarselo. Dunque, al barbiere del regno è stato ordinato, pena il taglio della testa, di radere tutti quelli che non si radono da sé. Dopo due giorni di duro lavoro ha tagliato la barba a tutti quelli che non si radono da sé, manca solo più lui stesso, ma qui viene colto dal terrore: se non si rade da sé vuol dire che rientra tra coloro che aveva l'obbligo di radere e non radendosi verrebbe condannato a morte. Ma se si rade succede che il barbiere rade uno che si rade da sé e anche in questo caso trasgredirebbe agli ordini e verrebbe ucciso.

Forse l'esempio non era così colorito, forse non c'era la questione del taglio della testa, ma è che non ho mai smesso di raccontarmi fiabe.

È meglio che torni all'Albero Fiorito, qui il solo odore del vino mi dà alla testa e sragiono.

Malgrado il freddo i cani del Pantera, i leoni di pietra sono ancora lì, mi volto un attimo a guardarli e a guardare il loro padrone attraverso il vetro della porta che, ondulato com'è, deforma ogni cosa. Ma ecco l'immagine, la folgorazione, è là proprio in corrispondenza dello sgorbio dipinto dal Matto sotto la sua opera. Mi manca solo una conferma. E mentre penso, senza neanche accorgermi, mi sto di nuovo precipitando al banco del caffè Moderno per formulare quella strana, decisiva domanda.

Come mi aspettavo: il vetro della porta d'ingresso non è mai stato cambiato, è lì da molto prima che il Matto dipingesse la sua falsa finestra.

Va giusto bene che la incontro, così posso offrirle un bicchierino.

E non importa se è appena uscito dal Moderno, adesso ci torniamo e beviamo ancora qualcosa, tanto qui c'è mica nessuno che la controlla. Non dia retta a chi dice che il vino fa male, da noi nessuno ci crede. Beh, forse don Celestino, ma lui è un tipo tutto speciale. Don Crivello invece, lui sì che ci andava giù deciso e mica solo con quello della messa, anzi, diceva che il vino da messa era troppo dolce e gli metteva sete e che quindi aveva sempre bisogno di bere. Se poi bisognava riempirlo tutto, grande e grosso com'era, ce ne voleva di vino! Era uno di quegli uomini che non te lo immaginavi vecchio, infatti malgrado la bella età a cui è arrivato, non è mai invecchiato, è semplicemente morto dopo che è arrivato il cornaias.

E allora vede che il vino non fa male? Basta non ridursi come Pantera o come Teleferica. Alpininrussia è un'altra cosa, lui a volte qualche cosa sensata la dice, il problema è che la mischia insieme a un sacco di stupidaggini e uno non sa mai se credergli o no. Per fortuna che nessuno di loro è violento, ma poi gli ubriachi soliti, quelli che li chiamano sbornia-fisa, non sono quasi mai di quel tipo lì. Sono piuttosto gli altri che fanno paura.

Adesso capita di rado, ma una volta non c'era festa qui che non finisse a botte, o anche peggio. C'era addirittura chi diceva: «Belle feste al paese ne fanno ancora, ma come quella che hanno ammazzato mio padre... beh, belle così non ne hanno proprio più fatte». Naturalmente scherzavano perché qui da noi di morti ammazzati non ce ne sono mai stati. A parte la povera Rosetta, certo. Sì, qualche volta c'è stata l'idea che qualcuno fosse morto in modo un po' strano, ma sono sempre voci. Come quelle che dicevano che Rensin l'aveva ammazzato suo fratello Genio buttandolo giù dalle rocce assieme ai tronchi. Ma come si fa a crederci, poi questa l'aveva addirittura detta il Pantera, quando parlava ancora.

Il più delle volte le feste finivano con qualche ammaccatura: questioni di donne, di corna, di debiti non pagati o delle solite cose sui confini. Solo di rado saltavano fuori le lame, ma dovevano essere proprio cose grosse, e pensare che quelli della città di noi dicevano che «'l bon...», ce lo dico in italiano che tanto la rima viene lo stesso: «Il buon valligiano ha sempre il coltello alla mano».

Le faccende più gravi sono successe con i minatori della cava, coi sardi. Tutti volevano far credere che era colpa loro, che erano degli attaccabrighe, ma non è vero. Poveri cristi, venivano giù dalla miniera una volta la settimana e neanche sempre e qui trovavano un gruppetto di quattro o cinque merli che ci davano sempre fastidio. Non parliamo poi delle feste, che lì era il finimondo. I sardi, almeno quelli più giovani, ballavano con le ragazze del paese, che devo dire che non si tiravano mica indietro: le donne qui da noi sono sempre state molto generose. Ecco, loro ballavano e gli altri ce ne facevano di tutti i colori e col fatto che i sardi non capivano il dialetto, e anche poco l'italiano, gliene dicevano dietro di quelle che tutti si mettevano a ridere. E allora un po' questi che erano suscettibili, un po' gli altri che erano dei farabutti e scoppiava il patatrac. Ma certo la colpa era di quei quattro o cinque di qua, tant'è vero che come è saltato fuori il fascio quelli sono andati in città e sono diventati squadristi e nessuno mi toglie dalla testa che siano stati loro a mandare su quelli che hanno picchiato Renzo Ala e Giovanin 'd Tinin dopo che avevano cantato l'*Internazionale*. Fortuna che su di qua le squadre non venivano così spesso, perché quando venivano picchiavano duro; ne sa qualcosa Pantera, quando non voleva vendere i terreni dove hanno costruito la centrale, che giacca che gliene hanno fatto.

Comunque ha visto anche lei che al giorno d'oggi la gente è molto più tranquilla alle feste. Anzi, domenica è la festa di Bertegnasco, la frazione su in alto, quella dove la finisce la strada e da una parte il sentiero va verso Ciavanes, la borgata delle donne, e dall'altra va verso il colle. Vedrà che bel ballo, con la banda stiamo preparando dei pezzi nuovi, ce li hanno insegnati Camillo e Vincens, i due fratelli che stanno a Tetti Berta vicino al castello: hanno fatto tutti e due il militare nella banda degli alpini e deve sentire come suonano. Onelio, il maestro, non l'ha mica presa bene che i due giovani siano saliti in cattedra, come si dice, e abbiano portato delle novità, ma poi ha dovuto ammettere che non si poteva continuare a suonare sempre *Cielo stellato* e le solite due polke e curente.

Se poi vuole vedere ancora dei quadri sacri, da domani e fino a domenica tengono aperta la cappella di Bertegnasco per la venerazione dei fedeli.

Cosa ne dice del vinello? Niente a che fare con il dolcetto della cooperativa, però non è mica male prima di cena: allarga lo stomaco. Adesso però la lascio perché questa sera c'è la prova della musica, faremo un figurone domenica, vedrà, un figurone.

Anamorfosi, ecco cosa sono gli sgorbi che disegnava il Matto. Figure reali ritratte in prospettiva anamorfica, la proiezione che inganna la logica. Ad una visione frontale le anamorfosi appaiono come macchie e garbugli di linee, ma se ci si mette in una determinata posizione rispetto all'opera o la si guarda tramite un vetro particolare, allora il disegno rivela la sua forma, rappresentante e rappresentato ritrovano la loro affinità.

Questo è tutto ciò che ricordo sulla prospettiva anamorfica. Era uno dei temi di studio preferiti da Anna.

Non avrei mai pensato a nulla del genere, ma poi, volgendomi indietro verso il bar, ho visto l'immagine di un cavaliere proprio là dove prima avevo identificato quello sgorbio. Entrati dentro non la si può più vedere perché è il vetro ondulato della porta d'ingresso a togliere i veli dell'anamorfosi, un vetro che esisteva già quando il Matto, Chevalier, ha dipinto quel misterioso cavaliere come firma, scegliendo di svelarsi solo a quelli che avrebbero guardato attraverso la porta. Il giorno in cui si romperà quel vetro, con le sue specifiche irregolarità, la firma del Matto andrà perduta per sempre.

Credo che in tutto questo tempo nessuno abbia mai notato il delizioso trucchetto del nostro amico d'oltralpe. Tut-

ti continuano a pensare che il Matto dipingesse forme confuse, immagini senza senso e invece si trattava di un gioco sottile di mascheramento della verità, una sorta di codice segreto. Come si faceva da ragazzi. Ogni banda aveva il suo codice, guai svelarlo ai nemici! Erano crittografie ingenue, con le parole scritte al contrario, al più messaggi a base di acrostici prevedibili. Eppure i foglietti venivano consegnati con un sussiego speciale e solo dopo solenni giuramenti. Naturalmente il rito iniziatico doveva già essere stato compiuto, cioè dovevi già aver passato la "benedizione santa", viatico essenziale per entrare a far parte della banda. La fantasia dei capibanda si sbizzarriva, ma poi le prove di ammissione erano sempre le stesse: girare nudo per lo spogliatoio prima dell'ora di ginnastica, tenere una rana viva in tasca per una mattina intera o, in sostituzione, portare qualche numero dell'"Avventuroso", dell'"Audace" o di "Giungla!". Quest'ultimo compito era di solito assegnato ai ragazzi più ricchi e poi si leggevano insieme le storie di Sigfrido, che poi era Tarzan ma noi non lo sapevamo, oppure quelle di Cino e Franco.

In ogni caso i codici segreti restavano tali per alcuni giorni, poi erano da rifare. D'altra parte, perché avesse senso fare un codice segreto era necessario che ci fosse qualcuno con cui condividerlo, con cui comunicare. E così, a forza di «non dirlo a nessuno» e di «solo perché sei il mio migliore amico», in capo a una settimana si dimenticava tutto e si ricominciava a trasmettere messaggi con l'alfabeto muto.

In fondo, anche il Matto ha avuto bisogno di un amico a cui insegnare a comprendere quelli che, sia pure mol-

to raffinati, restavano messaggi cifrati: ha scelto Piero, il padre di Rosetta, il sindaco non mi ha detto che erano sempre insieme a dipingere quegli sgorbi?

Ma cosa c'è di decisivo in tutto questo? Cos'è che ha sollecitato tanto il mio intuito da farmi tornare indietro come un pazzo verso il banco del bar per chiedere conferma di quella questione del vetro della porta?

Mentre il sindaco mi intratteneva con le sue amenità su feste e musica, cercavo inutilmente di mettere a fuoco il nuovo scenario che mi si stava aprendo davanti agli occhi, o meglio, dietro quel vetro tirato a mano. Adesso ci riprovo, tento per l'ennesima volta di disporre sul tavolo gli elementi e di ordinarli in modo coerente. È ciò che ho fatto da quando sono qui, ma è un po' come se tentassi di imparare una lingua straniera avendo a disposizione solo un dizionario: ho le parole, ma non so metterle insieme. Ho dei dati, dei fatti, ma mi mancano i legami. E non ho neanche il gusto di trovarmi in una situazione particolare, quanti romanzi polizieschi non sono che la ricerca di relazioni tra gli indizi e le persone! Un corpo esanime, un'arma, delle impronte ed un detective all'inseguimento di quei piccoli tratti che servono a mettere insieme questi oggetti e a organizzarli in quel discorso che poi è il delitto. Una sintassi del crimine insomma. Ecco cosa mi manca.

Ricominciamo.

Chevalier, il Matto, conosce la tecnica della prospettiva anamorfica, la insegna a Piero e probabilmente Piero impara a sua volta a dipingere in modo da non far intuire i contorni del soggetto, se non a determinate condizioni di punto di vista.

In almeno due chiese del paese ci sono degli ex-voto in cui la Madonna ha il viso di Rosetta e nei quali compare una misteriosa macchia scura. Ora ipotizziamo che quella macchia sia un'anamorfosi: chi l'ha dipinta? Il Matto e Piero, a quanto so, sono gli unici due in grado di farlo, ma c'è il problema del viso di Rosetta. Piero è morto quando la figlia era ancora molto piccola e quindi non può aver ritratto lui la sua faccia, perché dai lineamenti sembra una ragazza di una ventina d'anni. Chevalier è partito alla morte di Piero e quindi anche lui è fuori causa.

Esistono due possibilità: o la madonnina sull'ex-voto è successiva alla realizzazione della tavola, oppure c'è stato un secondo allievo del Matto, uno che è vissuto ancora almeno fino al quaranta o quarantadue. Nel primo caso bisogna ipotizzare che i quadri siano rimasti da qualche parte per una ventina d'anni e che poi qualcuno si sia presa la briga di rimaneggiarli. Chi? Perché? Certo che un ragionamento di questo tipo non risponde al principio della massima economia cognitiva, ma d'altra parte il secondo caso è più semplice? Già era improbabile trovare un virtuoso della prospettiva, ma addirittura una scuola, qui poi, in questo posto dimenticato da tutti al di fuori del questore e di qualche altro misterioso e potente personaggio che gli ha suggerito di riaprire un caso così strano.

Ha fatto proprio bene a venire alla festa. Questo di Bertegnasco è l'unico ballo che si fa al chiuso, ma, cosa vuole, siamo in dicembre, si può mica pensare di stare fuori. E poi qui c'è la "stalla grande", che a dire il vero non l'ho mai vista usata come stalla, anche perché non c'è nessuno che abbia tante bestie da riempire un posto così; però per i balli va benissimo. È solo due anni che ci hanno messo la luce elettrica qui, prima illuminavamo con le lampade e le candele, ma ogni tanto capitava che prendesse fuoco una delle balle di paglia su cui ci si siede e allora... Non è mai successo niente di grave, intendiamoci, ma per evitare guai è stato meglio mettere due lampadine, mica di più, se no quelli che vogliono andare a controllare la biancheria alle ragazze in fondo alla stalla come fanno? Bisogna che ci sia un po' di buio.

Beva un po' di questo, che è il migliore, i priori lo offrono solo alla banda, perché i suonatori bisogna trattarli con riguardo e non fare come quelli della Blinant che ci sono corsi dietro a Onelio e a tutti gli altri che sono dovuti scappar via con gli strumenti in spalla. Veramente questo vino qui è quello del padre del priore: Toni du Bech. Toni du Bech lo chiamano così perché per tanto tempo è stato l'unico in paese a avere il bech, il capro da monta. Ha fatto di tutto perché il figlio fosse nominato priore di questa festa qua a Bertegnasco, spera di farlo maritare con la priora, Luisella la figlia di Maria du Ciatin che è quella laggiù che sta distribuendo le coccarde. È proprio una bella figliola. Ma mi sa che il trigo matrimoniale non gli riesce mica a Toni du Bech, suo figlio è selvatico quanto lui e, secondo me, anche un po' tonto; la Luisella invece è ben sveglia: prima o poi viene su uno dalla città e se la porta via, sempre se qualcuno non ci pensa prima a farle fare un figlio, che tra due mesi ha sedici anni ed è sempre a quest'età qui che succedono certe cose.

Allora, cosa ne dice dei pezzi nuovi che abbiamo messo su con la banda? Non so come faccia a non ballare con questa musica, ne avrei voglia io, che poi ho già la mia bella età! Pensi che ci sono delle volte che, mentre suono, ho le gambe che mi si muovono da sole e che vorrei mollare lì cassa e piatti e buttarmi sul ballo. Ma, si vede che a lei non piace ballare, però beva ancora un po' che poi magari dopo la pensa diverso. E via, si diverta un po' anche lei, che da quando è qui, a parte quella volta che è andato su per le montagne, non si è mai preso un momento di svago. A proposito, ha dato un'occhiata alla cappella di Bertegnasco? I quadri dentro sono belli, ma non so se sono di quelli che interessano a lei per il suo libro sui pittori francesi. Più che altro ci sono quadretti dei miracolati.

Si tiri indietro che lì è già quasi sul ballo e rischia che le tomboli addosso qualcuno, specie adesso che si è messo a ballare anche Vichetto. Ballare per modo di dire, dato che si muove come uno scimmione e per giunta da solo. Ma d'altra parte qual è la donna che ha il coraggio di ballare con lui. Una volta c'era Isa la Fola, poverina. Lei ballava persino con Pantera o con Alpininrussia, ma sa, era scema. D'inverno girava per il paese tutta stracciata, ma d'estate c'era anche il caso che uscisse di casa nuda. Che poi, se non fosse che era proprio matta, non era neanche una brutta ragazza: se ne sono approfittati in tanti. Era nata scema per colpa dei suoi che erano cugini primi ma si erano voluti sposare lo stesso. Non si sono accorti subito di com'era, perché non aveva la faccia strana e gli occhi sottili e lunghi come gli altri. È venuta su una bella bambina, solo che non capiva niente, parlava a mala pena. I suoi se ne vergognavano e così non la guardavano mai e la lasciavano girare per il paese da sola. L'unico che se ne curava era don Crivello, ma anche lui, pover'uomo, faceva quello che poteva. Poi quando è venuto don Celestino, Isa non ha neanche più osato avvicinarsi alla canonica: era scema, ma aveva capito che non era aria. È morta qualche anno fa. Polmonite. Si vede che era uscita nuda una volta di troppo.

E così, morta Isa la Fola, gli ubriachi non possono fare niente di meglio che ballare da soli. Che poi Vichetto non è un ubriaco abituale, è uno di quelli del triduo: il giorno prima della festa, il giorno della festa, e il giorno dopo. Negli altri momenti è sobrio e lavora in segheria, ma nel triduo non gli si può parlare, specie il lunedì, che deve smaltire tutto quello che ha accumulato. Una volta ce n'erano tanti così. Aldo Bernasciola, per esempio. Dopo la festa era sempre ridotto in uno stato pietoso. La sera della domenica saliva su nella sua stanza, che avevano una casa grande con tutte le stufe e non dormivano neanche nella stalla, saliva su dicevo, e veniva fuori solo il martedì mattina. Sua madre oramai si era abituata, il martedì, appena Aldo usciva, andava su nella sua camera con i secchi e cominciava a buttare acqua dappertutto per tirar via la schifezza che c'era in terra e sul letto: vomito, merda, piscio, di tutto. Poi una domenica sera è rientrato più sverso del solito, ma i suoi non ci hanno fatto caso. Poco prima, alla fine della festa all'Inverso, aveva fatto a pugni con uno della bassa valle. Questo qui era uno ben piantato, non proprio come Maciste ma quasi, e gli ha mollato una serie di botte in pancia da far paura. Come al solito Aldo è salito in camera e nessuno è entrato per tutto il lunedì, poi al martedì hanno aspettato fino alle dieci del mattino e solo dopo si sono decisi a andare a vedere, ma ormai era troppo tardi. Questa volta per terra, insieme al resto c'era anche un sacco di sangue che Aldo aveva buttato fuori dalla bocca: aveva due costole rotte che gli avevano bucato un polmone. Forse se si fosse preso in tempo lo si poteva salvare, invece così l'hanno trovato già morto.

Mi scusi se le ho raccontato questa storia qua che fa un po' schifo, ma anch'io quando comincio a bere poi perdo la buona creanza. Mi scusi.

Per farmi perdonare le faccio vedere quali sono le ragazze con cui può ballare, quelle che non hanno il fidanzato o che per il fidanzato che hanno possono ballare con chiunque tanto l'altro non se ne accorge. E quando dico ballare ha capito cosa intendo, vero?

Laggiù, per esempio, dietro alla priora c'è Enrichetta, la sorella maggiore dell'Anna Teresa, quella di Ciavanes che si è buttata giù dal ponte perché era incinta. Venticinque anni e due figli, ma nessun marito, come tutte quelle di Ciavanes. Balla la curenta saltata in un modo che poi uno ci resta il fiatone per un bel pezzo.

L'altra vicino è Armida, ventidue anni, il fidanzato è militare, ma tanto è un balengo. Aspetti però, ricominciamo subito, vado solo a prendere un altro pintone ché, ridendo e scherzando, ce ne siamo bevuti uno intero noi due.

L'ho trovato. Ne ho trovato un altro. Un terzo ex-voto con sopra il volto di Rosetta. L'ho trovato qui, nella cappella di Bertegnasco. La macchia scura c'è anche su questo.

Non è mica facile cercare di scoprire il segreto di una prospettiva beffarda senza dare nell'occhio. Avrei dovuto guardare da tutte le angolazioni, dall'alto, dal basso, attraverso i vetri o chissà in quali altri modi: magari nel riflesso sulla porticina dorata del tabernacolo, ma il giorno della festa, come si fa ad arrampicarsi come una scimmia, o ad acquattarsi sotto i banchi, i fedeli arrivavano da ogni parte. Una specie di processione continua. Di alcuni di loro ho ormai imparato appellativi e stranezze: la giostra di nomi che il sindaco mi ha messo in testa ogni giorno girava vorticosamente man mano che gli individui si alternavano all'inginocchiatoio davanti alla statua del santo. C'era il Mancino, quello che dipinge i quadretti, poi viene Onorina, la locandiera, poi Onelio che suona il basso, Giovanin 'd Tinin, quello che era comunista ma che adesso è rincoglionito e Renzo Ala, anche lui era comunista, se va in chiesa sarà rincoglionito anche lui, e poi i due fratelli di latte Giovanot e Gnasio, sempre insieme, che siano finocchi, e il sindaco dice che gli uomini non vanno in chiesa, e poi c'erano anche le donne, naturalmente, la Marioli e le altre di Ciavanes e poi...

E poi, madonna non finiva mai la fila! Avranno pensato che io fossi un devoto eccezionale o che avessi un mare di peccati da farmi perdonare, visto che sono rimasto lì più di mezz'ora.

Poi finalmente la banda ha iniziato a suonare e tutti sono corsi a ballare. E anche da solo non ho concluso nulla. Ho strisciato lungo i muri della cappella con lo sguardo fisso al dipinto, cercando di cogliere l'attimo, il momento in cui quella banale macchia mi sarebbe apparsa come un disegno, come un segno rivelatore. L'ho guardato attraverso i vetri, da dietro l'altare, dal basso, con lo sguardo dei bambini. Assolutamente niente. Cambiando le angolazioni si vede quel gomitolo di linee distendersi in modo differente, ma il segreto della forma, anzi, della non-forma, dell'anamorfosi, quello rimane nascosto.

I giorni trascorsi quassù mi hanno abituato nuovamente alla pazienza, ma come mi fa incazzare l'idea di non poter ottenere la verità da un oggetto! Un oggetto, Cristo! Non puoi mica piantargli la lampada in faccia, non puoi mica fargli paura, o compassione, o tenerezza. È un oggetto e basta, eppure riesce a mentire.

Sono rimasto solo davanti a uno scrigno di cui non ho la chiave e che forse è andata perduta per sempre, magari nella rottura di un vetro o in un semplice spostamento. Rimane poi da vedere se quello che è nascosto in quel disegno sia davvero così importante. Comincio a dubitarne, altrimenti il suo autore non avrebbe affidato un messaggio prezioso ad un meccanismo tanto fragile. La verità è che, da quando è iniziata quest'inchiesta segretissima, non faccio altro che aggrapparmi ai più piccoli eventi. Farei meglio a tener d'occhio il figlio di Cravot, per quella questione dei Traversa.

È solo per smaltire la rabbia che mi trovo qua, in mezzo a questa festa pagana mascherata da sacra ricorrenza. Anche qui respiro un'aria di mito, o forse meglio, di ricordi spezzati, sfocati. Il quadro generale continua a sfuggirmi, ma i particolari sembrano essermi perfettamente noti, quasi abituali. La coccarda ad esempio. Sono certo di averne avuta una appuntata sulla giacchetta. Un nastrino colorato infilato su uno spillo. Ma quando? So che una mano aveva messo per me delle monete in una scatola di latta, di quelle dei biscotti, con delle damigelle disegnate sopra. Poi un'altra mano, questa volta femminile aveva preso il fiocchetto da un cestino e me lo aveva messo sul petto: ne ero orgogliosissimo. Dopo qualche minuto ero passato ai baratti: dare la mia coccarda verde a chi mi offriva quella tricolore o darla a chi mi proponeva quella tonda con il nastro tutto arricciato?

Sono ricordi miei o di altri?

E quelli sul vestito della priora? Anche quelli sono di dubbia paternità? Era un vestito uguale a quello della priora di questa sera. Ampio, rosso cupo con riflessi bluastri, il corpetto ricamato. Un ricamo a fiori e i fiori erano di tutti i colori, ma di un filo così speciale che brillava a seconda di come la priora si muoveva; così i fiori diventavano stelle. Sì, un vestito tutto di stelle e poi un gran fiocco bianco in testa.

Il priore di quella mitica festa mi è del tutto uscito di mente. Possibile che anche in quell'età dell'oro guardas-

si solo le ragazze. Sicuramente non era sciapo come quello di stasera, se no me lo ricorderei.

Lei invece è proprio una bella baggiana. Sì, una bella baggiana. Per non parlare di Enrichetta. Balla la curenta con la passionalità con cui altre ballerebbero il tango. E sì che non conosco danza meno sensuale di questa: la coppia si stringe per fare insieme i passi saltati, parte di traverso, parte girando su se stessa, poi, quando la musica passa in minore, lui si inginocchia e lei gli gira attorno tenendogli una mano. Tutto qui. Eppure Enrichetta rende la curenta un ballo perverso. In tutta l'energia che mette per fare quei salti ritmati sembra che ci sia la promessa di un rapporto appassionatissimo: è lei che stringe, è lei che guida, è lei che conduce. Tutto questo nel ballo, certo, ma lo sguardo che arma quando la musica si ferma e lei gira intorno al suo cavaliere, beh, quello sembra far capire che la danza è solo l'antipasto. L'erotismo che scaturisce da piccoli gesti calcolati mi lascia senza difese. Una volta mi capitò con Anna. Fu nell'ultima vacanza che facemmo insieme, un tentativo di salvataggio più che una vacanza, ma già nella scelta del luogo c'era il seme del fallimento: Anna, seguendo i consigli dei colleghi di università, che erano anche i compagni di partito, decise per la Romania. E così la bambina dai nonni e noi per due settimane sul Mar Nero. Cercare affiatamento e complicità in un anonimo albergo in stile case popolari non era certo facile, ma una sera, in quella sorta di mensa che chiamavano ristorante, un'orchestrina iniziò a suonare musica turca. Sembrava veramente di essere ai confini del mondo. Tutti si misero a ballare, ma ad una ad una le coppie abbandonarono la pista e si pose-

ro ai lati a guardare: al centro, due ballerini stavano facendo andare in delirio i presenti. Se non avessi ben netta quell'immagine non riuscirei neppure a sfiorare l'idea che un baffuto funzionario di partito in giacca blu e sua moglie siano capaci di tutta quella sensualità. La donna muoveva le mani facendo assumere loro tutta una infinita gamma di posizioni differenti: dita chiuse, poi allargate come un ventaglio che si apre, poi il ventaglio si chiude di nuovo, rapidamente, mani unite, sul seno, davanti al viso, braccia larghe. E per ogni gesto uno sguardo che, nell'ostentato intento di non incrociare quello di lui, svelava tutta la sua forza di seduzione. Tra il pubblico fu come un'epidemia di passione e l'applauso finale fu senza dubbio meno nutrito di quanto avrebbe potuto essere, poiché molti, compresi me e Anna, corsero nelle stanze a cogliere i frutti di quel miracolo atteso forse da anni.

Questa sera non è proprio la stessa cosa, ma se oltre ad Enrichetta ci mettiamo anche tutto quello che il sindaco mi ha fatto bere possiamo andar lontano.

«Oh quel ivroooogne... oh quel ivrogne!».

Non sono sempre così stonato, ma questa è la canzone degli ubriachi e va cantata così. Quando però ci mettiamo a cantare bene, siamo in gamba, specie quando intoniamo le canzoni dei vecchi.

Ma beviamo, insomma! Sono andato a prendere il pintone apposta. Beva che poi balla anche lei, anche con la Enrichetta se vuole. Ho visto come la guardava. Glielo fa tirare, eh? Beato lei, beato lei che se vuole può ancora prendersi il latte a scodelle, io oltre ad avere la vacca in casa non ho più neanche lo strumento per mungerla; mi ha capito vero?

«Oh quel ivroooogne... oh quel ivrogne!».

E vada, vada a saltrognare un po'. Guardi che si è buttato anche Alpininrussia. Tanto per cambiare è rimasto in canottiera e col cappello in testa: ha la canottiera più lurida che si possa immaginare, è la stessa da anni, piena di buchi e di macchie di vino. Adesso balla da solo, ma la cosa più bella è quando va a chiedere alle ragazze di ballare. Guardi, guardi, ha puntato Giovannina, la figlia del panettiere: si avvicina, si toglie il cappello, fa l'inchino, poi fa la riverenza e ecco che tira su la canottiera prendendola con le due mani come se fosse una gonna, eccolo lì con la pancia fuori. Fa morire dal ridere quando fa così.

Adesso ci riprova con Margherita.

«Oh quel ivroooogne... oh quel ivrogne!».

Su beva e canti anche lei, lo sa il francese, no? E poi il ritornello è sempre uguale, solo che a ogni ritornello bisogna mandar giù un bicchiere di più.

«Oh quel ivroooogne... oh quel ivrogne!».

«Oh quel ivroooogne... oh quel ivrogne!».

C'è Alpininrussia che la sta guardando fisso, chissà cosa vuole? Viene verso di noi, ma lei faccia finta di niente.

«Oh quel ivroooogne... oh quel ivrogne!».

Lo scusi sa, è proprio ubriaco marcio. Ma cos'è che le ha detto? Che la credeva morto? Sì, ha detto proprio così: «Ma non eri morto? Mi avevano detto che eri morto, te e tuo cugino. Sì, morti tutti e due. Morti ammazzati per una storia di femmine. Per questo giri per i cimiteri, perché sei morto».

Non ci faccia caso. E va già bene che non ha attaccato con la solita solfa sulla campagna di Russia, quella l'ha proprio imparata a memoria e la ripete sempre uguale: «Marciare! Marciare! Tutto il giorno nella neve con le scarpe bucate. Alpini in Russia! E tu, tu lo sai cosa vuol dire camminare in mezzo alla neve con trenta gradi sotto zero?».

Se prima ci è piaciuta l'Enrichetta guardi un po' l'Armida adesso? Guardi come le sale la gonna quando fa i passi di traverso, e sta lanciando certe occhiate da questa parte! Oh, non guarda certo me, è lei che punta. Si vede che vuole le novità, anche perché credo che quelli del paese li conosca quasi tutti, a parte quelli che non ci tira più come me. Ma lei ci tira vero? E allora vada.

Mi scusi sa se le parlo così, se mi lascio un po' andare, ma quando si beve insieme si diventa amici.

Facciamo così, io adesso torno a suonare perché un pezzo senza i piatti si può fare, due anche, ma di più no, che poi Onelio si arrabbia. Allora dicevo, io vado a suonare e lei si butta nel ballo. Siamo d'accordo?

Ballo.

Ballo?

Sto ballando o ne ho solo il ricordo? Perché sto ballando? Colpa del vino, sicuramente.

In che senso sto ballando?

Non in quello che intendeva il sindaco. Almeno per il momento.

Non so neanche come faccio a ballare la curenta. È senz'altro l'Armida che mi porta, anche perché, ubriaco come sono, forse non riuscirei a fare un passo da me.

Armiduccia vaguccia belluccia cantami ancora, cantami orsù, sulla lira la cuccuruccù.

Mi ha puntato davvero, mi ha preso per mano e adesso la sto stringendo, o forse è lei che stringe me. Da tanto tempo non abbracciavo una ragazza così giovane: ventidue anni, la metà dei miei.

Si è profumata il corpo e i capelli: lavanda. E malgrado tutto puzza di campagna, di stallatico. Come vorrei che non si fosse profumata, che si sentisse a pieno quell'odore pungente che ti invade quando entri nelle grange degli alpigiani per comprare il latte appena munto. Ho voglia di mangiarla, di leccarla, come la panna che galleggia sul latte. Una volta, da piccolo, il contadino da cui andavamo a prendere il latte si allontanò per un attimo e mi lasciò da solo con il secchio pieno, appena munto. Sapevo che non si doveva fare, ma questo non valse a tenermi lontano e così mi precipitai per leccare la panna, ma il bordo del secchio di ferro aveva una leggera sbavatura e mi tagliai un dito. Alcune gocce di sangue caddero nel secchio e vedendo l'effetto di quelle chiazze rosse che galleggiavano sulla massa bianca, pensai che non era male e che avrei sposato una ragazza rossa come il sangue e bianca come la panna, avessi dovuto cercarla in capo al mondo.

Non è vero, non mi è mai capitato nulla di simile, lo so benissimo, è una fiaba che ho letto, una delle tante, ma ubriaco come sono potrebbe essere una fiaba anche il fatto che io sia commissario di polizia.

Credo di non aver mai capito bene il senso di quel raccontino fino a che non ho visto Armida. Il suo bianco non è solo un colore, è una consistenza fisica: il suo seno è desiderabile come una ricotta dolce; lei me lo schiaccia contro il petto e me lo mostra attraverso la scollatura generosa. E il suo rosso? Il suo rosso sulle guance si accende man mano che balliamo. Si accalda e suda e col sudore l'afrore aumenta e con lui (con lui?), con esso (esso?), con quel suo odore, insomma, aumenta il mio desiderio di rotolarmi con lei lungo un prato, sulle foglie secche, su un pagliericcio lurido e consunto, ovunque.

Armiduccia vaguccia belluccia, cantami o diva, cantami tu, sulla viola la cuccuruccù.

Dolce color di rose in quel bel volto fra l'avorio si sparge e si confonde.

E mi confondo anch'io se continua a strusciarsi così. De' doni del sesso e de l'etate. Lasciami Armida che ho da liberar Gerusalemme.

Mi stanno notando tutti: dovrò venire a capo della faccenda al più presto, altrimenti non sarà facile tenere a lungo nascosta la cosa. Che tosto Gerusalemme sia liberata!

Mi guardano e ridono. I volti dei vecchi sono rugosi e irregolari, ma il vino, la poca luce, i ghigni e il mio roteare nella curenta rendono tutto grottesco. C'è un uomo con delle enormi orecchie, una vecchia con pochi capelli e ancor meno denti, un nonno con la faccia di una prugna secca della California, una barba bianca lunga fino al petto, un naso rosso di capillari spezzati e di bicchieri bevuti.

E gira che tutto si confonde in questo ritmo mortale di sei ottavi. Chiunque dica che i balli dei giovani, quelli venuti dall'Inghilterra e dall'America, sono troppo movimentati, beh, dovrebbe provare la curenta.

E gira che tutto si confonde e si mescolano i particolari dei visi: la donna con la barba bianca, il naso rosso senza denti, ma con orecchie enormi che toccano il petto, faccia di prugna. E poi ancora gira che si passa in maggiore: genti senza capelli, senza denti, senza pudore a mostrarsi in giro, giro girotondo, di capillari spezzati, faccia, faccia di prugna, di prugna secca della California.

Ah, la prugna, tra le metafore la più amata. I celti del Nord preferiscono chiamarla nocciola, per antica tradizione. Ma più amabile di tutte, la metafora della prugna, non la prugna secca della California, né le prugnette piccole e tutt'osso che qui chiamano "ramasin", né una grossa "rei-

ne claude" troppo tonda; ma una "brigna", una prugna grande e succosa, con una netta fessura lungo la quale corrono le dita. Ecco la metafora che preferisco e l'amo ancor più di quella dell'abricot fendu, sebbene anche questa non sia male.

Armiduccia vaghibelluccia mostrami ora, mostrami su, mostrami la prugna, l'abricot fendu.

La musica continua? Probabilmente sì, perché continuiamo a volteggiare. È un indizio sufficiente, probabilmente no, perché la mia testa e il mio stomaco volteggerebbero a lungo anche senza accompagnamento. Eppure la musica sta continuando, visto che il sindaco è in piedi e sbatte ritmicamente tra loro i piatti di bronzo (di bronzo?). È l'unico musicante che vedo, ma non ho difficoltà a immaginare gli altri, ciascuno con le guance gonfie alla sua maniera. Penso a Onelio, che suona il basso: avrà le guance gonfie come i putti che soffiano i venti sulle antiche carte geografiche. I clarini saranno invece più composti, le labbra strette sull'ancia, come gentildonne che parlano con la bocca a culo di pollo. E poi le trombe, con la loro smorfia che sembra un sorriso dipinto sulla faccia di un clown.

Sì, decisamente la musica continua e il seno di ricotta di Armida sembra aumentare le sue provocazioni. Il profumo di lavanda è scomparso, sopraffatto dall'afrore che il ballo ha sprigionato dal suo corpo. Ne ho le narici piene, ma ancora non mi basta. L'odore di stalla si trasforma in gusto e mi va sulla punta della lingua in un miscuglio di dolce e aspro, sicuramente un sapore caldo. Ritorna la voglia di leccarla come panna nel secchio.

La nostra orbita nell'universo della curenta si è allungata e le due lampadine non ne sono più i fuochi. Vortichiamo sempre più vicini alla zona buia della "grande stalla". Armiduccia mi conduce, mi conduccia, là dove i giovanotti vanno a ricontrollar la biancheria delle fanciulle, dove si va a romper la nocciola, come direbbero i celti del Nord. *Usciamo dall'orbita verso la zona dove cozzano a due a due i meteoriti impazziti. Siamo usciti dall'orbita!*

Armibellavaguccia, dammela ora, dammela orsù, la tua prugna, l'abricot fendu.

Ha cominciato a nevicare, non molto per ora, ma vedrà che prima di notte cominceranno i fiocchi grossi, quelli che si fermano. Peccato, proprio adesso che se ne era andata quella che era caduta prima.

Tra un'ora passa Beppe con la corriera, la sua lettera gliela do direttamente a lui, così siamo sicuri che parte. Meno male che l'ha scritta oggi, perché se viene giù tutta la neve che credo, saremo isolati per un po'.

C'è proprio una bella differenza tra chi lavora con la testa come lei e chi ha sempre lavorato con le mani come noi. Noi quando ci prendiamo una bella ciucca, non una ciucca bestiale come quelle di Aldo Bernasciola, ma una ciucca normale, come si è preso lei ieri sera, beh, dicevo, il giorno dopo noi andiamo nei prati, facciamo fieno, mungiamo le bestie, insomma facciamo tutto normalmente, ma non parlateci assieme perché non sappiamo neanche chi siamo. Lei invece è qui a letto che sembra uno straccio, eppure è riuscito a scrivere una lettera, proprio non riesco a capirlo.

Certo che ieri sera ci ha proprio dato dentro a bere. Finché c'è stata lì l'Armida sembrava quasi sobrio, poi dopo, quando lei se n'è andata a casa, lei ha ricominciato a bere che non pensavo neanche che ne potesse mandare giù tanto di dolcetto. Ma anche da ubriaco è sempre stato un signore, non ha vomitato, non è andato per terra e soprattutto non ha detto neanche una parola di quello che ha fatto con Armida. Anche se tutti l'hanno immaginato. È rimasto lì seduto sulla panca, tutto beato e sorridente finché non l'ho accompagnato qui in albergo. Le racconto tutto questo perché magari lei non se lo ricorda e crede di aver fatto chissà che cosa. Purtroppo quando uno è ubriaco si diverte tanto, ma poi non gli resta in testa niente e allora è come se non si fosse divertito. Alle volte però sono gli altri a divertirsi di più, come quando hanno steccato il braccio a Cesarin.

Cesarin, sverso come pochi, non va a addormentarsi nel fienile di Gnasio! Gnasio quando torna a casa sente russare su nel fienile, allora va a vedere e se lo trova lì disteso che se la dorme che neanche con le cannonate lo tiravi giù. Allora Gnasio, che anche lui era un po' brillo, va a chiamare Giovanin 'd Tinin e insieme gli steccano il braccio. Che farabutti! Lo hanno fatto girare per un mese con il braccio al collo dicendogli che se lo era rotto.

Un'altra volta lo scherzo l'hanno fatto a Toju 'dla Toj. Lo so perché tra quelli che glielo hanno fatto c'era anche mio cugino. Pensi che gli hanno fatto credere che, da ubriaco, aveva baciato in bocca il Pantera. Poveraccio, aveva appena smesso di vomitare per il vino che per colpa di quelli lì ha ricominciato a dar di fuori per lo schifo che gli faceva la cosa. Quando, alla fine, gli hanno detto che era solo uno scherzo, era così contento che non fosse vera la faccenda che non si è neanche arrabbiato. Povero Cristo, e pensare che è già morto da tanto.

Le ho portato un libro, l'unico un po' interessante che c'è in municipio, parla delle nostre valli, così può leggere se vuole, e non si dia pena per la lettera, ché arriva di sicuro a destinazione: Anna Virlongo, via Giannone 48, Milano. Eh, andiamo lontano! Vede cosa vuol dire non avere la fede al dito: una donna in ogni porto, come i marinai!

Ha tirato vento dal colle per quattro giorni. Per quattro giorni un'aria gelida ha spazzato il cielo. Si è rivisto il sole dopo dieci giorni di tormenta continua: da queste parti sono abituati così a quanto mi dicono. Nessuno può parlare di saturazione dei colori se non ha visto l'azzurro e il bianco di quei giorni. Neve e cielo, nient'altro. Il quarto giorno è arrivata la corriera e mi ha portato la lettera di Anna: la situazione cromatica non è cambiata, azzurra la corriera, bianca la lettera.

Poi i cani si sono stancati di abbaiare, il vento del colle è cessato e da una settimana, ora a piccoli fiocchi, ora a falde, ora a turbine, ora di stravento, nevica. La corriera non è neanche riuscita a ridiscendere a valle. Il libro che mi ha lasciato il sindaco è un "Saggio di Corografia Statistica e Storica" su questi luoghi, scritto nel 1867 da Luigi Clavarino e non è affatto confortante in tema di climi. Ha un capitolo intitolato "Uragani", un altro intitolato "Nebbie", un terzo "Inondazioni e Rovine", "Avalanche" e così via. Parlando di temperature dice che calcolata «la diminuzione del calorico di un grado per 200 metri di elevazione, ne risulterebbe che...» eccetera, eccetera, fino a dire che, in definitiva, la temperatura media in questa valle è «uguale a quella di Vilna nella Lituania in Polonia», mentre dopo altri giri e altri calcoli conclude che la temperatura media nella valle attigua «è la media temperatura di Cristiania, capitale della Norvegia». Al capitolo che porta il titolo "Neve" si legge poi che i villaggi «restano per più mesi del verno sommersi dalle nevi. Le comunicazioni coi villaggi inferiori sono allora interrotte, e non è più sperabile alcun soccorso in caso di malattia. Ogni famiglia fa le sue provviste come se si trattasse di una fortezza stretta da blocco; i cadaveri stessi restano insepolti e si conservano in un deposito accanto alla Chiesa, sino a tanto che, sciogliendosi le nevi, si possano scavar le fosse nei cimiteri».

E anch'io attendo, come i cadaveri, come tutti, ma la mia attesa è più breve: tra poco sarà notte e forse potrò capire cosa è successo a Rosetta. Ho paura di quello che mi aspetta. Proviamo a riordinare le idee, proviamo a rimettere insieme per l'ennesima volta tutti gli elementi che sono venuti fuori in queste ultime due settimane, proviamo a vedere se per caso qualcosa non quadra, se qualcosa mi distoglie dall'idea di ficcarmi laggiù.

Ci è voluta la sbornia per trovare il coraggio di scrivere ad Anna. Una cosa breve, solo un bigliettino per chiedere qualche informazione sulla prospettiva anamorfica. Niente di personale, niente sentimenti, ma ogni parola mi è costata uno sforzo che non credevo di poter compiere. Sono rimasto a letto tutto il giorno, ma non saprei dire se è stato per i postumi della festa o per la fatica di aver scritto, dopo sette anni, alla mia ex-moglie.

Il mattino successivo ho ripreso la caccia agli ex-voto con il viso di Rosetta. Il sindaco mi ha detto che don Ce-

lestino gli ha fatto mille storie per dargli le chiavi di tutte le cappelle del paese e lui non capisce perché bisogna essere così diffidenti verso uno studioso che vuole scrivere un libro sui pittori minori: o l'ha bevuta davvero o è un gran dritto questo sindaco. È stata una caccia fruttuosa: sei ritrovamenti, che sommati agli altri tre fanno un totale di nove tavolette votive, tutte con una madonnina dalle sembianze di Rosetta, tutte con la solita anamorfosi in basso a destra. Ho rinunciato a decifrarle e ho riposto tutte le speranze nelle risposte di Anna. Tornando dal mio giro, alle nove di sera, sono passato sotto la canonica e ho visto una finestra illuminata al primo piano; don Celestino, seminascosto da uno degli scuri interni, mi ha guardato con un occhio solo, un occhio torvo.

Nei giorni successivi l'abulia più assoluta. Se avessi avuto a disposizione una soluzione al sette per cento credo che non avrei esitato a iniettarmela, se non altro per sentirmi un grande investigatore. Poi però è arrivata la lettera di Anna.

Avevo dimenticato la sua scrittura, minuta, regolare, delicatamente inclinata a destra, le lettere alte ben distinte da quelle basse, come si confà a una persona di carattere. Rileggiamola, sperando che sia lì il mio errore, che si sia nascosto tra quelle righe l'elemento che mi farà rinunciare al piano di questa notte.

Carissimo,

ho scritto libri, saggi, articoli, persino una commedia (mai messa in scena, per la verità), ma credo di non riuscire a scriverti l'emozione e la paura nel rivedere la tua firma. Hai firmato con nome e cognome, ma quella era comunque una parte di te, l'unica della tua lettera, il resto, niente più che un ordine di servizio. Eppure mi sono emozionata lo stesso.

La bambina sta bene, te lo dico anche se non mi chiedi sue notizie. A dire il vero Federica non è più una bambina, è cresciuta parecchio negli ultimi tempi. Spero che quest'anno riuscirai a portarla un po' in vacanza con te, l'anno scorso ha sofferto molto del fatto che non sei venuto a prenderla.

Vorrei raccontarti un sacco di cose, ma ho i miei dubbi che a te interessino perciò ti scrivo subito le informazioni che ti servono e così la facciamo finita.

Esistono almeno due modi per scorgere la vera forma di un oggetto rappresentato in prospettiva anamorfica. Il primo consiste nel mettersi in una posizione prestabilita rispetto al dipinto mentre il secondo prevede che si guardi il disegno attraverso un vetro di forma particolare. Naturalmente le opere possono essere esaminate con ambedue i metodi, ma alcune si svelano solo con uno dei due. C'è un quadro che mostra bene la combinazione dei vari sistemi. Si tratta degli *Ambasciatori* di Holbein, dipinto nel 1533 e conservato alla National Gallery di Londra. Il dipinto rappresenta due ambasciatori appunto, in una sala molto elegante, sul pavimento però, all'altezza del tappeto, si vede una strana macchia del tipo di quelle che mi descrivevi tu. Se ci si porta alla destra del quadro molto vicino alla parete che lo ospita, si ha la meraviglia di vedere quella macchia trasformarsi in un teschio. Lo stesso effetto si ottiene però guardando l'opera attraverso un cilindro di vetro grande all'incirca quanto un bicchiere da champagne, questo è stato scoperto più o meno cinque anni fa. Ma c'è di più, se si guarda il tutto attraverso un cilindro di vetro lungo trenta centimetri e con un diametro di tre millimetri, si scopre che all'interno del teschio più grande, ve ne è dipinto uno più piccolo.

Circa il problema di un eventuale ritocco a vent'anni di distanza, direi che mi sembra improbabile: la differenza tra la qualità dei colori dovrebbe risultare troppo evidente, almeno se si esclude che l'intervento sia stato effettuato da qualcuno con la perizia di un restauratore. Posso però metterti in guardia: quando si cerca qualcosa o qualcuno è molto facile vedere ciò che si vuole trovare, verifica quindi se in quei volti della madonnina vi sono realmente i lineamenti di una ragazza che all'epoca avrebbe dovuto avere due anni.

Questi i ragguagli che mi avevi chiesto, queste tutte le risposte che posso darti.

Non so neppure come salutarti, provo con un "saluti cari" e un "in bocca al lupo".

ANNA

E così la mia soluzione potrebbe venire da lontano, dal 1533, da un pittore che neanche conoscevo.

«Il suffit un bon verre pour voire d'une façon différente» questo era quello che diceva il Matto al sindaco. La decifrazione di quegli sgorbi era dunque già a portata di mano, ma né io né il sindaco siamo stati in grado di arrivarci. Tutta colpa delle metonimie, sono subdole e si insinuano nella nostra mente inquinando la purezza delle parole. Il contenente per il contenuto. «Basta un buon bicchiere per vedere le cose in modo differente» e noi giù a bere, incapaci di pensare che un buon bicchiere può anche non contenere del vino, anzi, può non contenere nulla. Questo Chevalier si dimostra un genio del gioco linguistico: figurativamente disegna cose che se esaminate superficialmente non significano nulla e la cui forma va

ricercata nella profondità dell'anamorfosi, linguisticamente invece usa frasi che espongono la verità in superficie, ben sapendo che noi non saremo in grado di coglierla perché invece di accontentarci della letteralità delle parole, ci immergeremo automaticamente nelle profondità della metonimia.

È vero, è bastato un buon bicchiere per scoprire le immagini nascoste in quelle nove tavolette votive. Ho *pensato che difficilmente l'autore era ricorso ad un bicchiere da champagne come aveva fatto il più raffinato* Holbein, *così ho provato con un bicchiere da osteria, un banale, grossolano bicchiere da bettola di quelli che hanno un volto impresso sul fondo. Chissà se quel volto è davvero l'effigie di Garibaldi? I miei vecchi per dirmi di trangugiare d'un botto il vino mi dicevano: «Dai, bevi fino a vedere Garibaldi».*

Il sindaco era angosciato all'idea di dover nuovamente chiedere le chiavi delle chiesette al parroco e ha rimandato di due giorni la mia visita con la scusa che c'era troppa neve davanti ai portali, che bisognava spalarla, che in fondo quei quadri non avevano nessun valore, che potevo venir su un'altra volta per il mio libro. Alla fine ha ceduto e io ho ripercorso la mia via crucis armato di bicchiere, matita e taccuino.

Guardando attraverso il vetro cilindrico del bicchiere veniva fuori l'altra metà della realtà. I disegni votivi perdevano forma; sparivano i miracolati, le persone incornate, gli infanti ammalati nella culla di legno ed emergevano disegni di edifici, di sale, di gallerie. Facendo appello a tutta la mia buona volontà, disegnando e cancellando un'in-

finità di volte, ho riportato quegli schizzi su nove differenti foglietti, poi, con la metodicità di un Travet, ho fatto una tabellina elencando contenuto e luogo di ritrovamento di ogni tavoletta.

La esamino: se mi accorgessi che vi è un errore proprio lì, questa sera potrei stare vicino alla stufa, nel caldo della mia stanza e non infilarmi in quel posto maledetto che mi chiude lo stomaco solo a pensarci.

	CAPPELLA	DISEGNO VOTIVO	ANAMORFOSI
1	*San Quirico*	*Uomo schiacciato da un tronco*	*Scale*
2	*Madonna delle nevi*	*Soldati in trincea*	*La galleria si biforca: freccia a sinistra*
3	*San Rocco a Bertegnasco*	*Una donna cade da un carro*	*L'imboccatura di una galleria*
4	*San Domenico*	*Uomo incornato da una mucca*	*Zoccoli*
5	*San Giovanni Battista*	*Ragazzo nel fiume*	*La torre dei colombi*
6	*Madonna dei campi*	*Ammalato e donna che prega*	*Scale*
7	*Santi Filippo e Giacomo*	*Ammalata nel letto*	*Travi crollate nella galleria*
8	*San Barnaba*	*Uomo che cade da una rupe*	*Un altare*
9	*San Matteo*	*Un bambino nella culla*	*Stanza con 3 porte, quella a destra aperta*

Anche qui nessuna incrinatura, tutto funziona. D'altra parte sono stato così a lungo su quella tabella e quegli schizzi, che non vedo come potrei scoprirvi degli elementi nuovi.

I foglietti sono stati due giorni sul tavolo della mia stanza; li ho messi in successione, li ho scambiati, spostati uno per volta come carte da gioco in un solitario. Li ho uniti come un puzzle, ma come fare senza gli incastri? Ero convinto che il vero significato venisse fuori da una loro combinazione, ma non avevo nessuna traccia che mi dicesse come ottenerla. Non sapevo neppure se andassero presi in considerazione tutti i disegni, se qualcuno fosse fuorviante, se qualcun altro dovesse essere considerato più volte. Ho anche avuto il tempo di fare un calcolo approssimativo in base alle mie vecchie nozioni di statistica: avevo oltre trecentocinquantamila possibilità e una sola era giusta. Giusta a patto che fosse verificata l'ipotesi iniziale e cioè che l'insieme di quei disegni celati sotto la prospettiva anamorfica costituisse un itinerario segreto. L'aggancio con l'indagine è duplice: i quadretti mostrano tutti una madonnina con il viso di Rosetta e inoltre quello della cappella di San Domenico nasconde in anamorfosi degli zoccoli che potrebbero indicare il castello del soculé, il luogo dove è stata trovata morta Rosetta.

I quadri sono dunque degli indizi di una caccia al tesoro, di questo ne sono quasi certo, ma lasciati da chi? e destinati a chi? Si ripropone il problema della datazione: i dipinti possono essere stati eseguiti solo dal Matto o dal padre di Rosetta, ma né l'uno né l'altro hanno potuto ritrarre il volto di Rosetta all'età di vent'anni sulle madonnine.

Problema accantonato.

L'altro problema invece, quello delle trecentocinquantamila combinazioni, me l'ha risolto il sindaco. Ieri, verso sera viene qua e mi dice:

«Non va alla novena di Natale? Inizia questa sera».

«No» gli rispondo «non credo di essere abbastanza religioso per prendermi nove messe una dietro l'altra».

«Era mica per le messe che glielo dicevo» replica. «Era perché così può vedere di nuovo tutte e nove le cappelle del paese. Sempre che le interessi ancora».

«Ogni sera la messa si fa in una cappella diversa?» gli chiedo.

«Sì» mi fa lui «è il giro solito che si fa a tutte le novene, anche quelle d'estate per i raccolti o per la pioggia. Questa sera la messa è a San Giovanni Battista, domani a San Quirico, dopodomani a San Matteo...».

Mi son fatto ripetere l'ordine delle messe e l'ho trascritto, poi di nuovo, come un bravo ragioniere ho rifatto la tabella seguendo la nuova successione: i soggetti degli ex-voto non mi servivano a nulla e così li ho trascurati.

	CAPPELLA	ANAMORFOSI
1	*San Giovanni Battista*	*La torre dei colombi*
2	*San Quirico*	*Scale*
3	*San Matteo*	*Stanza con 3 porte, quella a destra aperta*
4	*San Rocco a Bertegnasco*	*L'imboccatura di una galleria*
5	*Santi Filippo e Giacomo*	*Travi crollate nella galleria*
6	*Madonna delle nevi*	*La galleria si biforca: freccia a sinistra*
7	*San Domenico*	*Zoccoli*
8	*Madonna dei campi*	*Scale*
9	*San Barnaba*	*Un altare*

È inutile, più riguardo questo insieme di dati e più tutto mi pare improbabile, gotico, folle e nel contempo estremamente sensato. È l'unica vera pista che mi è dato di seguire da quando sono qui. Sono salito al colle per ri-

schiare di farmi ammazzare da un contrabbandiere da strapazzo, sono andato in cerca di partigiani, di fascisti, di spie, di figli illegittimi, di innamorati gelosi, non credo che mi rimanga molto: la traccia degli ex-voto mi sembra il mio ultimo salvagente, benché mi faccia così paura.

Eppure, malgrado la mia claustrofobia, tra poco mi infilerò in un cunicolo stretto e buio. Sì, entrerò nella torre dei colombi, dal loggiato, che è aperto e facilmente raggiungibile. Poi scenderò delle scale che mi porteranno ad una stanza con tre porte; prenderò quella più a destra e mi infilerò in una galleria. Qui incomincerà la mia grande paura, quel senso di soffocamento che monta pian piano. Prima solo un disagio, poi un vero malessere e dal mio subconscio alla mia coscienza giungerà l'immagine del mio corpo incastrato in qualche cunicolo, carponi senza la possibilità di voltarsi, di tornare indietro. Vi sarà un punto dove le travi di sostegno della galleria sono crollate, lo dice il disegno della cappella di San Flip e Giaco. Dovrò strisciare sul ventre per un tratto, forse pochi metri, forse un'infinità. Se sopravviverò alla mia stessa ansia mi troverò ad un bivio: a destra una galleria da non imboccare, a sinistra quella da seguire fino ad un luogo pieno di zoccoli, il castello del soculé. Poi di qua delle scale, non si sa se da scendere o da salire, e infine un altare, una cappella quindi. Lì la soluzione di tutto. Forse.

I quadretti parlano chiaro, non posso sbagliarmi e anche se sapessi chi li ha dipinti e a chi li ha destinati, ciò non aggiungerebbe niente al percorso di questa notte e soprattutto non gli toglierebbe niente.

È ora, meglio uscire.

Tira vento dal colle stasera, domani tutta questa neve sarà per terra e in cielo neanche una nuvola. Chissà che lei tra qualche giorno non possa tornarsene giù in città. A quest'ora penso che sarà stufo di stare qui da noi: tanto lavoro e niente svaghi. A parte l'Armida è chiaro.

Le ho portato le candele e i cerini, di pile invece non ne ho trovate. Non so dove voglia andare a quest'ora di notte e neanche glielo chiedo. Le dico solo una cosa, Rosetta è al camposanto da tanti anni; è lì vicino a sua madre, le due foto una attaccata all'altra e così somiglianti che le chiamano le due sorelle, sono tranquille ormai. Non rischi la pelle per una cosa così vecchia, stia attento! Arrivederci.

Anna ha avuto ragione ancora una volta. Quella stronza non sbaglia mai e così sale in cattedra.

"Quando si cerca qualcosa o qualcuno è molto facile vedere ciò che si vuole trovare". Così sentenziava nella lettera. Non ha mai capito quanto mi schiacciasse il suo sapere tutto, ma anche questa volta ha raggiunto il vero molto prima di me.

Fin da quando vidi nella cappella quel primo ex-voto con la madonnina diversa da tutte le altre, pensai che il suo volto fosse quello di Rosetta, poiché Rosetta era al centro della mia indagine, perché in fondo era Rosetta che cercavo. E invece la donna che aveva prestato il viso alla madonnina era Irma, la madre di Rosetta, morta alla stessa età della figlia e così somigliante da sembrare sua sorella. Era un dato di cui disponevo fin dall'inizio, ma ci sono voluti Anna e il sindaco per farmelo utilizzare.

Non c'è più alcun dubbio, gli ex-voto li ha dipinti Piero, il padre di Rosetta, sia la parte votiva che l'anamorfosi. Come modello per la madonnina ha utilizzato una fotografia che ritraeva sua moglie morta qualche anno prima: potrebbe essere una questione di affetto, o di comodità, ma più pro-

babilmente è un segnale per il destinatario delle informazioni criptate: Rosetta.

Con questa sicurezza anche questo labirinto mi sembra più accettabile.

Le scale rappresentate nel secondo quadretto devono essere queste. Si inerpicano lungo i quattro lati della torre dei colombi, al suo interno. Mi chiedo se sopporteranno la mia discesa fino alla stanza delle tre porte. Il legno degli scalini è marcio: ne ho già rotti due e sono solo alla prima rampa. Sopra la mia testa ci devono essere centinaia di uccelli, probabilmente da secoli sono loro i veri padroni della torre: Piero e io gli unici due intrusi. I tavolati che dividono i vari piani sono rimasti, ma non mi azzardo a saggiarne la consistenza.

La stanza delle tre porte è un sotterraneo: dove porteranno gli altri due passaggi aperti nel muro perimetrale rivolto a sud? Credo ad altri cunicoli, ma le porte sono chiuse e io non ho velleità archeologiche. La porta di destra invece è aperta, come nel dipinto. Ci siamo, ecco la galleria.

La fiamma della mia candela crea una sfera di luce troppo piccola per giungere ad illuminare la volta e le pareti del passaggio. Si tratta probabilmente di un condotto attraverso il quale spostare i soldati dalla torre di guardia ad altri luoghi del paese. Se il Conte Rosso si è davvero fermato in questo posto, l'ha fatto a ragion veduta, i titolari della castellania dovevano averlo informato di queste straordinarie possibilità.

Le divagazioni storiche mi aiutano ad allontanare l'oppressione del luogo chiuso. Adesso però sono proprio al-

la prova. Non pensavo che avrei trovato così presto lo sbarramento della volta crollata. Una trave di sostegno si è spezzata, ma non al centro come ci si attenderebbe; si è rotta ad un'estremità e adesso sbarra obliquamente il cammino. Al di sopra della trave i detriti impediscono il passaggio, ma al di sotto, nello spazio rimasto tra la trave stessa e la parete si può strisciare e andare dall'altra parte.

Impigliato in uno spuntone del legno scheggiato c'è un pezzo di stoffa: è velluto marrone, non viene certo dalle uniformi dei mercenari bretoni agli ordini di Amedeo VII, *più probabilmente è un pezzo dei pantaloni di Piero.*

Infilarsi o non infilarsi. E se passando facessi crollare anche il resto? No, non tutta la volta, solo quel tanto che basta per tenermi qui imprigionato per giorni a morire di fame. Tanto morirei molto prima per l'ansia.

Non oso ascoltare i battiti del mio cuore. Passare o non passare? Passare!

Striscio piano cercando di non far spegnere la candela. Oddio, adesso si impigliano anche a me i calzoni nel legno e io non riesco a girarmi per toglierli, sono pantaloni robusti, non si lacerano mica facilmente. Oddio, rimango incastrato per degli stupidi pantaloni. Potrei fare tutti gli sforzi che voglio, ma da questa posizione non arriverei mai ad afferrarmi con le mani il fondo dei pantaloni. Che cazzo! Morire con la faccia nella terra, come un topo.

Passato. Sono passato oltre lo sbarramento: nessuno spuntone, nessun pantalone impigliato. Devo sedermi. Mi siedo sulla terra umida, con la schiena appoggiata alla parete scavata nella roccia, il fiato ritorna a poco a poco. Non mi ero neppure accorto di quanto mi faccia male il braccio: sono i ricordi del servizietto di Maciste che si devono essere svegliati quando mi sono appoggiato sul fianco per strisciare.

La galleria si allarga nuovamente, ma ora è più bassa. Se voglio procedere in piedi devo camminare al centro. La volta, ora la vedo, è arcuata, fatta di pietre a secco incastrate l'una nell'altra. In alcuni punti però si appiattisce, scompare l'arco e si vedono spuntare grossi massi sostenuti da travature: sono i passaggi più fragili, basta urtare i pali di sostegno per far cadere le travi e tutto ciò che sta sopra. Ho idea che sia quello che è capitato al padre di Rosetta. Nessuno riusciva a spiegarsi come avesse potuto salvarsi dopo la caduta dalla fornace: semplice, non era caduto da lì, era rimasto schiacciato nel crollo che ho superato poco fa. Trascinandosi sulle braccia è riuscito a uscire dalla galleria e dalla torre dei colombi e lì l'hanno trovato. Aveva scoperto questo cunicolo segreto, ma certo anche qualcosa di più importante, altrimenti perché tutto quel mistero e quei messaggi cifrati lasciati alla figlia.

Ecco la biforcazione. A sinistra, coraggio.

Anche in questo tratto, di tanto in tanto, appaiono spuntoni di roccia. Sono irregolarità che interrompono la continuità della volta a botte. Quello che però mi stupisce è che qui le travature sono puntellate da pali di legno nuovo, né marcio, né tarlato; come se qualcuno ci tenesse molto alla salvaguardia di questa parte della galleria. Sono convinto che se al bivio avessi preso il cunicolo di destra avrei trovato la stessa cura nelle ristrutturazioni. Evidentemente quello che porta alla torre dei colombi non è che un ramo abbandonato di una rete sotterranea che qualcuno utilizza ancora.

Una porta.

Questa non era prevista dallo schema degli ex-voto. Forse ne ho saltato uno. Se così fosse andrebbe a farsi benedire l'idea della sequenza dettata dalla successione della novena, e così sarebbe un'altra volta il caso che mi guida.

Grazie al cielo non è così. Anche il legno della porta è in ottime condizioni e per di più ha una serratura di sicurezza. Quando Piero ha fatto la sua ultima e forse unica incursione qui, questa porta non doveva esserci, deve essere una cosa abbastanza recente.

È aperta. Se uno mette una porta del genere qui sotto non è per lasciarla aperta, a meno che non sia nei paraggi, magari proprio dall'altra parte.

«Non rischi la pelle per una cosa così vecchia, stia attento!».

Sagge parole quelle del sindaco. È meglio che prenda la pistola. In tutti i giorni passati in questo paese l'ho sempre lasciata nascosta in albergo, per la questione della massima discrezione, e così quella volta all'Alpe del mese d'Agosto ho rischiato di farmi fare barba e capelli da Maciste. Ma stasera mi sono fatto furbo, anche se, per la verità, l'avevo portata per sparare ai topi se mi avessero attaccato in branco: meno male che non ne ho visti.

Dietro la porta non c'è nessuno, solo una grande sala vuota. Le pareti sono decorate con simboli araldici e su ognuna di esse troneggiano le due colombe con i fiori nel becco. Non c'è dubbio, questo è un sotterraneo del castello del soculé, ma di zoccoli nessuna traccia, evidentemente neppure il soculé ne conosceva l'esistenza. L'indicazione del quadretto di San Domenico era dunque un'altra metonimia: contenuto per contenente.

Devo essere vicino al punto cruciale della misteriosa scoperta di Piero. Dopo l'incidente si era messo anche lui a fare zoccoli dal soculé, ma non per avere un lavoro, per poter controllare il luogo. E poi Rosetta è stata trovata morta davanti al castello. Il portone dall'esterno non era mai più stato aperto, ma dall'interno è un'altra cosa. Se uno dispone di un'altra via d'accesso, ci vuol poco a togliere il paletto da dentro, gettar fuori un cadavere e poi richiudere tutto e tornarsene da dove si era venuti. Rosetta deve esser stata uccisa in queste sale.

Da un angolo dello stanzone viene un acuto profumo d'incenso; passa attraverso un'apertura che non avevo neppure visto. Incenso, magie, messe nere e qualche folle spiritato? Ancor più che paura sono cose che mi fanno schifo.

È una porta strettissima e dietro ci sono i gradini di pietra di una scala a chiocciola.

Scendere ancora? Fin dove, fino alla viscere della terra? È odor d'incenso o di zolfo? Non potrebbe esser proprio quella la porta nera dell'inferno?

Vaneggiamenti della paura.

La scala sta per finire, sul muro ricurvo che la affianca si accendono vaghe chiazze luminose in movimento, sto per giungere ad una stanza illuminata da candele. Spengo la mia e impugno la pistola.

L'altare è qui. L'ultimo elemento del percorso è davanti ai miei occhi. E non c'è solo l'altare, c'è tutta un'immensa cappella sotterranea. Sulle pareti una via crucis scolpita con cornici d'argento di dimensioni mai viste. Una statua della Madonna in legno di castagno, scura e senza colori per far contrasto con i cumuli di gioielli che pendono dal suo collo, dalle mani, lungo le pieghe del vestito. L'oro è ovunque: nei candelabri, nel tabernacolo, nel crocifisso, nei calici, negli inserti sui banchi e sugli inginocchiatoi, nelle cornici delle immagini sacre, nell'aria stessa di quella cappella.

Quattro i ceri accesi. Quattro ceri e un prete in stola dorata che sta officiando con il volto verso l'altare. Ne vedo la schiena, ne sento la voce.

«Signore, in questa chiesa che il nobile Ippolito Berta ci donò perché potessimo ogni dì pregare finché il peso dei suoi peccati non venisse sollevato dalla soavità delle preci alla tua misericordia, noi ti imploriamo in questa Santa messa. Più di centoquaranta volte abbiamo celebrato le mille messe che occorron perché ognuna delle sue mortali offese alla tua divinità sia perdonata dalla tua infinita bontà. Accogli questa sera, come hai fatto ogni notte da che egli perì, il suffragio per l'anima sua che dal purgatorio dov'è, ch'ei si pentì avanti d'ingaggiare l'ultimo suo duello, giunga allo splendore della tua vista. Amen».

Quando i due sfidanti incrociano gli sguardi c'è sempre un lampo di odio nei loro occhi, la mascella si serra e le labbra sono solo più una sottile traccia di rosso. A questo ci hanno abituato i film, ma io so che è diverso. Quando don Celestino si girerà io vedrò la sua paura e lui la mia; come sempre. Scorgendomi, la sua bocca rimarrà aperta, poi farà un gesto di resa o d'attacco e tutto finirà in breve: per me o per lui.

Si gira, la paura, la bocca, la mano, il gesto.

Brandisce un candelabro enorme, pesantissimo, quella è l'arma che ha ucciso Rosetta, *quello che ho davanti è l'assassino.*

Alberto Traversa è proprio come lo descriveva la sua portinaia: gentile, introverso e con quello strano difetto di pronuncia. Come maestro di sci è bravissimo: sono qui in Francia da meno di una settimana e lui è già riuscito a farmi fare un cristiania decente, dice che prima della fine della mia vacanza scierò come Killy. Scherza naturalmente, comunque con altri quindici giorni posso fare molti progressi.

È incredibile, tre settimane di vacanza premio in pieno inverno, il sogno di una vita. E pensare che appena rimesso piede in città mi ero ripromesso di evitare con ogni cura la neve. Ma qui è tutta un'altra cosa, questo anfiteatro bianco non ha niente a che vedere con quella valle chiusa. Le montagne digradano, non incombono. Credo che ci verrò anche quest'estate, Alberto Traversa dice che mi insegnerà a pescare le trote, è una cosa che ha nel sangue, un'eredità paterna. Sa benissimo chi era il suo vero padre, Cravot il pescatore. In famiglia non era un mistero per nessuno.

Forse, più che una vacanza premio, questa è una trovata del questore per tenermi buono, per farmi sbollire. Ma non basta. Anche allontanandosi la rabbia rimane dentro e si sposta dal cervello in una zona indefinita vagamente localizzabile all'altezza dello stomaco. E allora ho deciso di seguire un altro metodo. Mi sono fatto dare dall'agente Jacono i verbali degli interrogatori, cercherò di trasformarli in un racconto. Scriverò quanto è avvenuto dopo quella notte nel cunicolo, e, nobilitati dal passato remoto, tutti quei fatti, quelle delusioni, quell'incazzatura tremenda, diventeranno parole sulla carta, cose di un altro. Seduto al tavolino all'aperto di un bar d'alta quota: non c'è situazione migliore per prendere la penna in mano.

Il commissario salì malvolentieri le scale della questura, dopo quella notte e tutto il tempo passato fuori di casa, una visitina al suo appartamento gli avrebbe fatto piacere, se non altro per riposare un po'. Accanto a lui don Celestino non era di umore migliore, ma lo si poteva comprendere.

Avevano viaggiato insieme, come due amici. Avevano preso la corriera, poi il treno e infine un taxi. La regola della massima discrezione era stata rispettata fino alla fine; niente arresti, niente auto ufficiale, una semplice partenza dal paese. D'altra parte, la resistenza di don Celestino si era limitata al gesto dell'afferrare il candelabro, alla vista della pistola era finito tutto.

Entrarono nell'ufficio del questore.

«Don Celestino, cosa mi ha combinato!» disse una voce melliflua che non era severa neppure nelle intenzioni.

Il prelato che aveva pronunciato quelle parole porse al commissario la mano da baciare, lui la strinse e quella sgusciò via flaccida.

«Accomodatevi» li invitò il questore. «Commissario» proseguì «al telefono stamattina, mi ha detto che il qui presente don Celestino è reo confesso dell'omicidio di tale Rosetta Forneris. Per il resto però non ho le idee molto chiare. Vorrei sapere innanzitutto il movente».

Qui ho qualche dubbio su come proseguire. Ad una precisa domanda di un superiore, un poliziotto replica con una risposta precisa. È quanto ho fatto io quel giorno. Nei romanzi però questo non succede mai. Il detective interpellato si alza, fa qualche passo per la stanza, inspira profondamente e poi dice: «Lasci che le spieghi...». Cosa fare allora? Scegliere il realismo o seguire i canoni della letteratura di genere?

«Lasci che le spieghi» disse il commissario alzandosi in piedi malgrado la stanchezza che lo opprimeva. «Se permette vorrei partire dall'inizio, dal 1923 o giù di lì, ma non si preoccupi che veniamo in fretta ai nostri giorni. Nel 1923 dicevo, Piero Forneris, il padre della vittima, scopre che da un'antica torre posta vicino alla fornace in cui lavorava, parte una galleria che, passando sotto tutto il paese, giunge fino ai sotterranei di un castelletto anch'esso molto antico. Qui l'uomo rinviene una cappella gentilizia straordinariamente ricca di ornamenti e di oggetti preziosi. Credo che il suo primo pensiero sia stato quello di sottrarre i gioielli più piccoli e di tornare con un contenitore o un carretto per prendere quelli più pesanti. A questo punto però ha un ripensamento, sente l'odore di incenso e comprende che la cappella è ancora officiata: se qualcuno si accorgesse del primo furto probabilmente sbarrerebbe l'ingresso ed egli non potrebbe più prendere il resto. Esce quindi senza rubare nulla, ma lungo il cammino di ritorno nel cunicolo, urta un palo di sostegno e parte della volta gli crolla addosso. Piero Forneris è ferito gravemente, ma riesce ugualmente a trascinarsi fuori della galleria. Il suo corpo privo di conoscenza viene rinvenuto il mattino successivo e le ferite vengono attribuite ad una caduta dalla fornace: dopo qualche tempo Piero si riprende, ma le sue gambe rimarranno paralizzate per sempre».

Il questore e il vescovo lo guardavano come i bambini guardano un nonno che sta raccontando storie di pirati e di cavalli alati; di tanto in tanto anche l'agente Jacono faceva cessare il ticchettio della macchina da scrivere e sgranava gli occhi, tanto che bisognava richiamarlo per fargli continuare la stesura del verbale. Persino don Celestino mostrava interesse per quella vicenda: anche nella sua testa dovevano esserci alcuni particolari che attendevano una sistemazione da molti anni.

«Piero» proseguì il commissario «aveva trovato un tesoro immenso, ma nelle sue condizioni non poteva neppure pensare di prenderlo, senza contare che probabilmente sentiva di non avere più molto da vivere. La sua preoccupazione fu quella di assicurare quelle ricchezze alla figlia che era orfana di madre e che all'epoca non aveva ancora due anni. Come fare per farle sapere quel segreto? Piero non si fida di nessuno e in più è analfabeta, non può neppure lasciarle uno scritto. Ma la fortuna lo aiuta e la sua abilità manuale fa il resto. All'inizio del '24 arriva in paese un pittore francese, un certo Chevalier, un maestro nell'arte della prospettiva anamorfica, che ritengo saprete in che cosa consiste. Piero diventa amico del pittore ed apprende quella tecnica che permette di celare sotto una forma ingannevole i disegni. Dipinge poi nove ex-voto e in ognuno di essi inserisce uno schizzo che rivela una parte del percorso segreto da compiere per giungere alla cappella del tesoro. Perché i suoi quadretti possano essere distinti dagli altri dà alla madonnina presente su tutti gli ex-voto il volto di sua moglie. Qui entriamo poi nel campo delle pure congetture, ma non credo di allontanarmi molto dal vero dicendo che probabilmente Piero raccomandò alle persone che se ne presero cura, che sua figlia andasse sempre a tutte le novene e che cercasse tra i quadretti la faccia della mamma. Una raccomandazione plausibile e tale da non destare sospetti. Gli ex-voto erano stati infatti distribuiti nelle varie cappelle secondo l'ordine seguito abitualmente per le novene e solo letti in quell'ordine gli indizi costituivano una traccia corretta. Rosetta inoltre, questo me lo ha raccontato il sindaco, era sempre stata con il padre quando lui e il pittore dipingevano figure in prospettiva anamorfica, quindi deve aver preso l'abitudine a guardare i quadri del papà attraverso un bicchiere, espediente questo che permette di svelare i segreti dell'anamorfosi».

Il questore interruppe per un attimo la lunga esposizione del commissario, il suo volto era atteggiato ad una smorfia di perplessità: «So che non è una domanda che dovrei rivolgere a lei, bensì al Forneris, ma non era più semplice dipingere una mappa anziché nove scorci di luoghi?».

«Credo di poterle avanzare due soluzioni, che però, badi, non sono che due ipotesi poiché conosco la tecnica della prospettiva poco di più di quanto possa conoscere l'animo di Piero Forneris. Bisogna in primo luogo pensare che la mappa è un oggetto bidimensionale, mentre per poter essere celato attraverso i meccanismi della prospettiva anamorfica, l'oggetto rappresentato deve essere tridimensionale. In più credo che il padre di Rosetta abbia pensato ad una parcellizzazione del rischio che il cammino segreto venisse scoperto da altri: agendo in quel modo ha diviso per nove le probabilità».

Questa storia della mappa devo davvero scriverla? Il questore non si è neanche sognato di chiedermela. È vero che però quanto più farò assomigliare questo scritto al finale di un poliziesco di terza categoria, tanto più riuscirò ad allontanarmi dalle vicende reali. E allora bisogna pensare che il lettore di polizieschi è molto più smaliziato di un questore, specie del mio. Lui, il lettore, la domanda se la porrebbe certamente, perché contrariamente alla realtà, la finzione non ammette una soluzione complessa se logicamente ce n'è una più semplice, a meno che non vi siano delle buone ragioni. "Che si sappia sempre il motivo di ogni azione e la sorte di ogni personaggio" questa è la prima regola dei romanzi polizieschi e d'avventura! Per questo Dumas nelle ultime pagine del suo romanzo chiama a rac-

colta i suoi moschettieri e gli altri personaggi e ci racconta il destino di ognuno.

«Un uomo di ingegno questo Piero» interruppe con la sua voce sgradevole il vescovo «lei don Celestino, l'ha mai conosciuto?».

Il parroco fece cenno di no.

«Rosetta» riprese il commissario «è meno perspicace di quanto il padre avesse immaginato e solo all'età di ventidue anni riesce a decifrare le indicazioni degli ex-voto. Nel frattempo il parroco è cambiato, non è più il mite don Crivello, ma il severo don Celestino. Una sera Rosetta si infila nel cunicolo e giunge alla cappella. I particolari di ciò che accadde non li conosco e neppure provo a immaginarli, poiché abbiamo qui una persona» e si girò a guardare don Celestino «abbiamo qui una persona, dicevo, che quella scena la visse in prima persona e che tra poco potrà descriverla con esattezza. Di certo, scorgendo la visitatrice indesiderata, don Celestino afferrò il pesante candeliere d'oro che ha cercato di usare anche contro di me, e colpì Rosetta sulla nuca uccidendola. Poi trasportò il corpo fuori dal castello che tutti credevano chiuso e abbandonato e lo lasciò davanti al portone. Certo avrebbe anche potuto nascondere il cadavere, ma forse in quei tempi una scomparsa avrebbe destato maggiori sospetti di un omicidio, e poi, chi mai avrebbe pensato a lui?».

Il commissario si sedette come per dire che la sua parte era terminata e che ora toccava al parroco fornire spiegazioni.

Intervenne subito il vescovo.

«Non credo che sia necessario che don Celestino ritorni a quei fatti così dolorosi che tanto devono aver tormentato la sua anima in questi anni costituendo con il rimorso una più che bastevole espiazione quotidiana. Vorrei invece che egli ci dicesse qualcosa di più su quella cappella gentilizia e su quelle celebrazioni notturne ignote a tutti, persino al suo vescovo».

Don Celestino aveva la stessa aria di quei soldati che avevano commesso crimini orrendi convinti di fare il proprio dovere e che, trascinati poi davanti a un tribunale militare, non riuscivano a dimostrarsi pentiti.

«Se il racconto del commissario» disse «è cominciato nel 1923, il mio deve partire da molto più lontano, dal 1586, se le date dei codici della parrocchia sono esatte. Purtroppo si tratta di una storia che nessuno ha mai scritto e di cui io conosco solo la piccola parte che mi è stata tramandata dal mio predecessore, così come a lui è stata tramandata dal suo. È la storia del nobile Ippolito Berta, non credo che qualcuno di voi la conosca, a parte forse il commissario, ma non sono in animo di narrarla oggi. Se la volete ascoltare andate su in valle, chiedete a chiunque, anche alle pietre, ve la racconteranno. Le ricchezze di Ippolito Berta erano frutto di rapine, di delitti, di ogni sorta di nefandezza compiuta nelle sue molte spedizioni in pianura. Tra le montagne però egli era considerato un uomo probo, d'animo nobile e di grande magnanimità. Viveva nel castello che sovrasta la cappella gentilizia. Verso il 1580 pare sia stato colto da un terribile rimorso per la sua la sua vita scellerata e che buona parte dei suoi ori siano stati rifusi da persone a lui fidatissime e consegnate ad orafi della città perché realizzassero gli arredi della sua cappella. L'abitudine alle armi e ai combattimenti non venne meno neanche dopo il pentimento, solo egli mutò d'obiettivo, non più gli inermi, né i ricchi mercanti, ma i prepotenti che prima erano stati nemici suoi o suoi compagni di ribalderie. Nel maggio del 1586, così attestano le carte dell'archivio parrocchiale, vennero a dirgli che una lega di pari suoi, stanca della sua voglia di giustizia, si stava radunando all'imboccatura della valle e che in breve salirebbero e metterebbero a sacco il paese pur di stanarlo. La notte stessa Ippolito si recò dal curato e gli consegnò la mappa del passaggio sotterraneo che dalla parrocchia conduce alla cappella gentilizia che era segreta a tutti, e quella, con tutti i suoi ori e le sue ricchezze donò alla parrocchia. Due sole condizioni pose: che nulla di quegli oggetti sacri e preziosi fosse rimosso dalla chiesetta sotterranea e che ogni notte, finché vi fosse stato un parroco, egli avrebbe dovuto celebrare, in assoluta segretezza, una messa per la sua anima. Poi partì con pochi armati verso uno scontro suicida con il solo scopo di salvare il paese dal saccheggio dei suoi nemici. Da allora, ogni sera, in gran segreto, i parroci che si sono succeduti hanno celebrato una messa in suffragio di Ippolito Berta. È un impegno che si prende quando si affianca il parroco che si andrà a sostituire, è un giuramento solenne. Se non avessi ucciso Rosetta lei avrebbe portato via ogni cosa dalla cappella e io non potevo permettere che si venisse meno all'impegno preso con il nobile Ippolito».

Santo cielo, si esprimeva proprio così don Celestino! Un prosatore manzoniano nel bel mezzo di un poliziesco. Scarsa credibilità.

«Credo possa bastare così don Celestino» disse il vescovo, quasi fosse lui il funzionario di polizia «le saremmo grati se ora volesse attendere fuori».

«La ringrazio commissario» disse ancora l'ecclesiastico «ci ha reso noti molti particolari che ancora non conoscevamo».

«Particolari?» domandò quasi urlando il commissario.

«Via, non si inquieti figliolo, certe cose le sapevamo già, altrimenti per quale ragione sarebbe partita l'inchiesta? Sapevamo, ad esempio, che don Celestino aveva ucciso quella povera ragazza, come si chiama, Rosetta, ecco. Ma era un qualcosa che io e solo io sapevo e lo avevo appreso nel segreto del confessionale: nulla poteva trapelare. E poi soprattutto...» qui il prelato si interruppe imbarazzato come chi si accorge di aver usato una parola sbagliata.

«E poi ci premeva» riprese «poter dare avvio ai lavori di tutela dei capolavori custoditi in quella cappella di cui don Celestino ovviamente ci aveva parlato solo in modo marginale, senza rivelarci l'ubicazione».

Il colorito del commissario era terreo e le labbra gli tremavano dalla rabbia.

Il questore prese la parola probabilmente per impedire al suo subalterno di sbottare, ma quello che disse ottenne l'effetto contrario: «Eminenza, come era stato concordato quando veniste qui la prima volta, tutta l'indagine è stata condotta sotto il massimo riserbo e i presenti, a parte don Celestino, sono gli unici ad essere a conoscenza degli ultimi sviluppi e dell'esistenza della cappella gentilizia. Mi permetto però di segnalarle che è mio dovere comunicare la cosa entro quindici giorni alle Belle Arti, se Monsignore volesse quindi prendersi cura degli oggetti preziosi prima di quella scadenza...».

«Non dubiti, non vorrei mai metterla in conflitto con i suoi obblighi. Poiché quegli arredi sacri furono donati da un peccatore pentito ad una parrocchia della diocesi di cui io sono ora l'indegno pastore, sarà mia cura far trasportare, domani stesso, gli oggetti in un luogo sicuro ove sia possibile salvaguardarli dalle ingiurie del tempo. Naturalmente dovrò ancora abusare della benevolenza del suo commissario e chiedergli di disegnare una mappa e di darla al mio segretario. Per quanto riguarda don Celestino, io credo che il rimorso che lo ha accompagnato questi lunghi anni valga quanto la più severa delle condanne. Come d'accordo penserò io ad affidargli un nuovo incarico in qualcuno dei nostri collegi e nominerò prontamente un sostituto».

Le membra del commissario erano ormai spasmodicamente tese. L'irritazione per essere stato usato lo divorava e si aggiungeva all'indignazione di vedere don Celestino sfuggire al processo.

Il prelato intanto, senza profondersi in saluti, si era già avviato verso la porta e la stava anzi valicando quando il commissario esplose: «Figli di...».

«Figliolo!» questo il dolce rimprovero che il vescovo gli indirizzò girandosi sorridente verso di lui.

È troppo faticoso scrivere con tutti questi dialoghi. L'intervento del narratore esterno suona falso, vuoto. Per quanta cura metta nel riportare le esatte parole che vedo qui sul verbale battuto da Jacono, messe tra virgolette quelle stesse parole mi paiono consunte, stereotipate. Non sarò mai uno scrittore di polizieschi, amo troppo il discorso indiretto libero e con quello non si fa certo un buon giallo.

Chiudiamo il taccuino, poco fa è passato di qui Alberto Traversa e mi ha avvertito di un probabile cambiamento del tempo.

«Le consiglio di scendere» mi ha detto «continua a tirar vento dal colle, tra un po' nevicherà».

Questo volume è stato stampato
su carta Palatina
delle Cartiere di Fabriano
nel mese di ottobre 2014

Stampa: Officine Grafiche soc. coop., Palermo

Legatura: LE.I.MA. s.r.l., Palermo

La memoria

1 Leonardo Sciascia. Dalle parti degli infedeli
2 Robert L. Stevenson. Il diamante del Rajà
3 Lidia Storoni Mazzolani. Il ragionamento del principe di Biscari a Madama N.N.
4 Anatole France. Il procuratore della Giudea
5 Voltaire. Memorie
6 Ivàn Turghèniev. Lo spadaccino
7 Il romanzo della volpe
8 Alberto Moravia. Cosma e i briganti
9 Napoleone Bonaparte. Clisson ed Eugénie
10 Leonardo Sciascia. Atti relativi alla morte di Raymond Roussel
11 Daniel Defoe. La vera storia di Jonathan Wild
12 Joseph S. Le Fanu. Carmilla
13 Héctor Bianciotti. La ricerca del giardino
14 Le avventure di Giuseppe Pignata fuggito dalle carceri dell'Inquisizione di Roma
15 Edmondo De Amicis. Il "Re delle bambole"
16 John M. Synge. Le isole Aran
17 Jean Giraudoux. Susanna e il Pacifico
18 Augusto Monterroso. La pecora nera e altre favole
19 André Gide. Il viaggio d'Urien
20 Madame de La Fayette. L'amor geloso
21 Rex Stout. Due rampe per l'abisso
22 Fiòdor Dostojevskij. Il villaggio di Stepàncikovo
23 Gesualdo Bufalino. Diceria dell'untore
24 Laurence Sterne. Per Eliza
25 Wolfgang Goethe. Incomincia la novella storia
26 Arrigo Boito. Il pugno chiuso
27 Alessandro Manzoni. Storia della Colonna Infame
28 Max Aub. Delitti esemplari
29 Irene Brin. Usi e costumi 1920-1940
30 Maria Messina. Casa paterna
31 Nikolàj Gògol. Il Vij
32 Andrzej Kuśniewicz. Il Re delle due Sicilie
33 Francisco Vásquez. La veridica istoria di Lope de Aguirre
34 Neera. L'indomani
35 Sofia Guglielmina margravia di Bareith. Il rosso e il rosa

36 Giuseppe Vannicola. Il veleno
37 Marco Ramperti. L'alfabeto delle stelle
38 Massimo Bontempelli. La scacchiera davanti allo specchio
39 Leonardo Sciascia. Kermesse
40 Gesualdo Bufalino. Museo d'ombre
41 Max Beerbohm. Storie fantastiche per uomini stanchi
42 Anonimo ateniese. La democrazia come violenza
43 Michele Amari. Racconto popolare del Vespro siciliano
44 Vernon Lee. Possessioni
45 Teresa d'Avila. Libro delle relazioni e delle grazie
46 Annie Messina (Gamîla Ghâli). Il mirto e la rosa
47 Narciso Feliciano Pelosini. Maestro Domenico
48 Sebastiano Addamo. Le abitudini e l'assenza
49 Crébillon fils. La notte e il momento
50 Alfredo Panzini. Grammatica italiana
51 Maria Messina. La casa nel vicolo
52 Lidia Storoni Mazzolani. Una moglie
53 Martín Luis Guzmán. ¡Que Viva Villa!
54 Joseph-Arthur de Gobineau. Mademoiselle Irnois
55 Henry James. Il patto col fantasma
56 Leonardo Sciascia. La sentenza memorabile
57 Cesare Greppi. I testimoni
58 Giovanni Verga. Le storie del castello di Trezza
59 Henryk Sienkiewicz. Quo vadis?
60 Benedetto Croce. Isabella di Morra e Diego Sandoval de Castro
61 Diodoro Siculo. La rivolta degli schiavi in Sicilia
62 George Meredith. La vicenda del generale Ople e di Lady Camper
63 Bernardino de Sahagún. Storia indiana della conquista di Messico
64 Andrzej Kuśniewicz. Lezione di lingua morta
65 Maria Luisa Aguirre D'Amico. Paesi lontani
66 Giuseppe Antonio Borgese. Le belle
67 Luisa Adorno. L'ultima provincia
68 Charles e Mary Lamb. Cinque racconti da Shakespeare
69 Prosper Mérimée. Lokis
70 Charles-Louis de Montesquieu. Storia vera
71 Antonio Tabucchi. Donna di Porto Pim
72 Luciano Canfora. Storie di oligarchi
73 Giani Stuparich. Donne nella vita di Stefano Premuda
74 Wladislaw Terlecki. In fondo alla strada
75 Antonio Fogazzaro. Eden Anto
76 Anonimo. Storia del bellissimo Giuseppe e della sua sposa Aseneth
77 Vanni e Gian Mario Beltrami. Una breve illusione
78 Giorgio Pecorini. Il milite noto
79 Giuseppe Bonaviri. L'incominciamento
80 Leonardo Sciascia. L'affaire Moro
81 Ivàn Turghèniev. Primo amore
82 Nikolàj Leskòv. L'artista del toupet
83 Aleksàndr Puškin. La solitaria casetta sull'isola di Vasilij
84 Michaìl Čulkòv. La cuoca avvenente

85 Anita Loos. I signori preferiscono le bionde
86 Anita Loos. Ma... i signori sposano le brune
87 Angelo Morino. La donna marina
88 Guglielmo Negri. Il risveglio
89 Héctor Bianciotti. L'amore non è amato
90 Joris-Karl Huysmans. Il pensionato signor Bougran
91 André Chénier. Gli altari della paura
92 Luciano Canfora. Il comunista senza partito
93 Antonio Tabucchi. Notturno indiano
94 Jules Verne. L'eterno Adamo
95 Manuel Vázquez Montalbán. Assassinio al Comitato Centrale
96 Julian Stryjkowski. Il sogno di Asril
97 Manuel Puig. Agonia di un decennio, New York '78
98 Victor Zaslavsky. Il dottor Petrov parapsicologo
99 Gesualdo Bufalino. Argo il cieco ovvero I sogni della memoria
100 Leonardo Sciascia. Cronachette
101 Enea Silvio Piccolomini. Storia di due amanti
102 Angelo Rinaldi. L'ultima festa dell'Empire
103 Luisa Adorno. Le dorate stanze
104 James M. Cain. Il bambino nella ghiacciaia
105 Enrico Job. La Palazzina di villeggiatura
106 Antonio Castelli. Passi a piedi passi a memoria
107 Wilkie Collins. Tre storie in giallo
108 Friedrich Glauser. Il grafico della febbre
109 Friedrich Glauser. Il tè delle tre vecchie signore
110 Mary Lavin. Eterna
111 Aldo Alberti. La Rotonda dei Massalongo
112 Senofonte. Le Tavole di Licurgo
113 Leonardo Sciascia. Per un ritratto dello scrittore da giovane
114 Mario Soldati. 24 ore in uno studio cinematografico
115 Denis Diderot. L'uccello bianco. Racconto blu
116 Joseph-Arthur de Gobineau. Adelaide
117 Jurij Tynjanov. Il sottotenente Summenzionato
118 Boris Hazanov. L'ora del re
119 Anatolij Mariengof. I cinici
120 I. Grekova. Parrucchiere per signora
121 Corrado Alvaro. L'Italia rinunzia?
122 Gian Gaspare Napolitano. In guerra con gli scozzesi
123 Giuseppe Antonio Borgese. La città sconosciuta
124 Antonio Aniante. La rosa di zolfo
125 Maria Luisa Aguirre D'Amico. Come si può
126 Sergio Atzeni. Apologo del giudice bandito
127 Domenico Campana. La stanza dello scirocco
128 Aldo Alberti. La Lega delle Dame per il trasferimento del Papato nelle Americhe
129 Friedrich Glauser. Il sergente Studer
130 Matthew Phipps Shiel. Il principe Zaleski
131 Ben Hecht. Delitto senza passione
132 Fernand Crommelynck. La martingala rovesciata
133 Rosa Chacel. Relazione di un architetto

134 Walter De la Mare. L'artigiano ideale
135 Ludwig Achim von Arnim. Passioni olandesi
136 Rudyard Kipling. L'uomo che volle essere Re
137 Senofonte. La tirannide
138 Plutarco. Sertorio
139 Cicerone. La repubblica luminosa
140 Luciano Canfora. La biblioteca scomparsa
141 Etiemble. Tre donne di razza
142 Marco Momigliano. Autobiografia di un Rabbino italiano
143 Irene Brin. Dizionario del successo dell'insuccesso e dei luoghi comuni
144 Giovanni Ruffini. Il dottor Antonio
145 Aleksej Tolstoj. Il conte di Cagliostro
146 Mary Lamb. La scuola della signora Leicester
147 Luigi Capuana. Tortura
148 Ljudmila Shtern. I Dodici Collegi
149 Diario di Esterina
150 Madame de Vandeul. Diderot, mio padre
151 Ortensia Mancini. I piaceri della stupidità
152 Maria Mancini. I dispiaceri del Cardinale
153 Francesco Algarotti. Saggio sopra l'Imperio degl'Incas
154 Alessandro Manzoni. Quell'innominato
155 Jerre Mangione. Ricerca nella notte
156 Friedrich Glauser. Krock & Co.
157 Cami. Le avventure di Lufock Holmes
158 Ivan Gončarov. La malattia malvagia
159 Fausto Pirandello. Piccole impertinenze
160 Vincenzo Consolo. Retablo
161 Piero Calamandrei. La burla di Primavera con altre fiabe, e prose sparse
162 Antonio Tabucchi. I volatili del Beato Angelico
163 Fazil' Iskander. La costellazione del caprotoro
164 Ramón Gómez de la Serna. Le Tre Grazie
165 Corrado Alvaro. La signora dell'isola
166 Nadežda Durova. Memorie del cavalier-pulzella
167 Boris Jampol'skij. La grande epoca
168 Vito Piazza. La valigia sotto il letto
169 Eustachy Rylski. Una provincia sulla Vistola
170 Jerzy Andrzejewski. Le porte del paradiso
171 Madame de Caylus. Souvenirs
172 Principessa Palatina. Lettere
173 Friedrich Glauser. Il Cinese
174 Friedrich Glauser. Il regno di Matto
175 Gianfranco Dioguardi. Ange Goudar contro l'Ancien régime
176 Palmiro Togliatti. Il memoriale di Yalta
177 Mohandas Karamchand Gandhi. Tempio di Verità
178 Seneca. La vita felice
179 John Fante. Una moglie per Dino Rossi
180 Antifonte. La Verità
181 Evgenij Zamjatin. Il destino di un eretico
182 Gaetano Volpi. Del furore d'aver libri

183 Domostroj ovvero La felicità domestica
184 Luigi Capuana. C'era una volta...
185 Roberto Romani. La soffitta del Trianon
186 Athos Bigongiali. Una città proletaria
187 Antoine Rivarol. Piccolo dizionario dei grandi uomini della Rivoluzione
188 Ling Shuhua. Dopo la festa
189 Plutarco. Il simposio dei sette sapienti
190 Plutarco. Anziani e politica
191 Giuseppe Scaraffia. Il mantello di Casanova
192 Enrico Deaglio. Cinque storie quasi vere
193 Aleksandr Bogdanov. La stella rossa
194 Eáca de Queiroz-Ramalho Ortigão. Il mistero della strada di Sintra
195 Carlo Panella. Il verbale
196 Severino Cesari. Storie per quattro giornate
197 Charlotte Robespierre. Memorie sui miei fratelli
198 Fazil' Iskander. Oh, Marat!
199 Friedrich Glauser. I primi casi del sergente Studer
200
201 Adalbert Stifter. Pietra calcarea
202 Carlo Collodi. I ragazzi grandi
203 Valery Larbaud. Sotto la protezione di san Girolamo
204 Madame de Duras. Il segreto
205 Jurij Tomin. Magie a Leningrado
206 Enrico Morovich. I giganti marini
207 Edmondo De Amicis. Carmela
208 Luisa Adorno. Arco di luminara
209 Michele Perriera. A presto
210 Geoffrey Holiday Hall. La fine è nota
211 Teresa d'Avila. Meditazioni sul Cantico dei Cantici
212 Mary MacCarthy. Un'infanzia ottocento
213 Giuseppe Tornatore. Nuovo Cinema Paradiso
214 Adriano Sofri. Memoria
215 Carlo Lucarelli. Carta bianca
216 Ameng di Wu. La manica tagliata
217 Athos Bigangioli. Avvertimenti contro il mal di terra
218 Elvira Mancuso. Vecchia storia... inverosimile
219 Eduardo Rebulla. Carte celesti
220 Francesco Berti Arnoaldi. Viaggio con l'amico
221 Julien Benda. L'ordinazione
222 Voltaire. L'America
223 Saga di Eirik il rosso
224 Cristoforo Colombo. Lettere ai reali di Spagna
225 Bernardino de Sahagún. I colloqui dei Dodici
226 Sergio Atzeni. Il figlio di Bakunìn
227 Giuseppe Gangale. Revival
228 Alfredo Panzini. La cagna nera
229 Giovanni Boccaccio, Francesco Petrarca. Griselda
230 Adriano Sofri. L'ombra di Moro
231 Diego Novelli. Una vita sospesa

232 Ousmane Sembène. La Nera di...
233 Eugenio Battisti. Il ricordo d'un canto che non sento
234 Wilkie Collins. Il truffatore truffato
235 Carlo Lucarelli. L'estate torbida
236 Michail Kuzmin. La prodigiosa vita di Giuseppe Balsamo, conte di Cagliostro
237 Nelida Milani. Una valigia di cartone
238 David Herbert Lawrence. La volpe
239 Ghassan Kanafani. Uomini sotto il sole
240 Valentino Bompiani. La conchiglia all'orecchio
241 Franco Vegliani. Storie di animali
242 Irene Brin. Le visite
243 Jorge de Sena. La finestra d'angolo
244 Sergio Pitol. Valzer di Mefisto
245 Cesare De Marchi. Il bacio della maestra
246 Salvatore Nicosia. Il segno e la memoria
247 Ramón Pané. Relazione sulle antichità degli indiani
248 Gonzalo Fernández de Oviedo. Sommario della storia naturale delle Indie
249 Pero Vaz de Caminha. Lettera sulla scoperta del Brasile
250 Felipe Guamán Poma de Ayala. Conquista del Regno del Perù
251 Gabriel-François Coyer. Come il prospero Chinki s'immiserì per la ricchezza della nazione
252 David Hume. Il caso di Margaret, detta Peg, unica sorella legittima di John Bull
253 José Bianco. Ombre
254 Marcel Thiry. Distanze
255 Geoffrey Holiday Hall. Qualcuno alla porta
256 Eduardo Rebulla. Linea di terra
257 Igor Man. Gli ultimi cinque minuti
258 Enrico Deaglio. Il figlio della professoressa Colomba
259 Jean Rhys. Smile please
260 Pierre Drieu la Rochelle. Diario di un uomo tradito
261 J. E. Austen-Leigh. Ricordo di Jane Austen
262 Caroline Commanville. Anche mio zio Gustave Flaubert era un letterato
263 Christopher Morley. Il Parnaso ambulante
264 Christopher Morley. La libreria stregata
265 Madame de Grafigny. Lettere di una peruviana
266 Roger de Bussy-Rabutin. Storia amorosa delle Gallie
267 Antonio Tabucchi. Sogni di sogni
268 Arnold Toynbee. Il mondo e l'Occidente
269 Ugo Baduel. L'elmetto inglese
270 Apuleio. Della magia
271 Giacomo Debenedetti. 16 ottobre 1943
272 Antonio Faeti. L'archivio di Abele
273 Maria Messina. L'amore negato
274 Arnaldo Fraccaroli. Tomaso Largaspugna uomo pubblico
275 Laura Pariani. Di corno o d'oro
276 Luisa Adorno. La libertà ha un cappello a cilindro
277 Adriano Sofri. Le prigioni degli altri
278 Renzo Tomatis. Il laboratorio
279 Athos Bigongiali. Veglia irlandese

280 Michail Kuzmin. Le avventure di Aymé Leboeuf
281 Concetto Marchesi. Il libro di Tersite
282 Lorenza Mazzetti. Il cielo cade
283 Marcella Olschki. Terza liceo 1939
284 Maria Occhipinti. Una donna di Ragusa
285 Steno. Sotto le stelle del '44
286 Antonio Tosti. Cri-Kri
287 Daniel Defoe. La vita e le imprese di Sir Walter Raleigh
288 Ronan Sheehan. Il ragazzo con la ferita all'occhio
289 Marcella Cioni. La corimante
290 Marcella Cioni. Il Narciso di Rembrandt
291 Colette. La gatta
292 Carl Djerassi. Il futurista e altri racconti
293 Voltaire. Lettere d'amore alla nipote
294 Tacito. La Germania
295 Friedrich Glauser. Oltre il muro
296 Louise de Vilmorin. I gioielli di Madame de ***
297 Walter De la Mare. La tromba
298 Else Lasker-Schüler. La gatta rossa
299 Cesare De Marchi. La malattia del commissario
300
301 Zlatko Dizdarević. Giornale di guerra
302 Giuseppe Di Lello. Giudici
303 Andrea Camilleri. La forma dell'acqua
304 Andrea Camilleri. La stagione della caccia
305 Robert Louis Stevenson. Lettera al dottor Hyde
306 Robert Louis Stevenson. Weir di Hermiston
307 Dashiell Hammett. La ragazza dagli occhi d'argento
308 Carlo Bini. Manoscritto di un prigioniero
309 Vittorio Alfieri. Mirandomi in appannato specchio
310 Silvio d'Amico. Regina Coeli
311 Manuel Vázquez Montalbán. Il pianista
312 Ugo Pirro. Osteria dei pittori
313 Irene Brin. Cose viste 1938-1939
314 Enrique Vila-Matas. Suicidi esemplari
315 Sergio Pitol. La vita coniugale
316 Luis G. Martín. Gli oscuri
317 William Somerset Maugham. La villa sulla collina
318 James Barlow. Torno presto
319 Israel Zangwill. Il grande mistero di Bow
320 Pierluigi Celli. Il manager avveduto
321 Renato Serra. Esame di coscienza di un letterato
322 Sulayman Fayyad. Voci
323 Alessandro Defilippi. Una lunga consuetudine
324 Giuseppe Bonaviri. Il dottor Bilob
325 Antonio Tabucchi. Gli ultimi tre giorni di Fernando Pessoa
326 Denis Diderot. Il sogno di d'Alembert. Seguito da Il sogno di una rosa di Eugenio Scalfari
327 Marc Soriano. La settimana della cometa

328 Sebastiano Addamo. Non si fa mai giorno
329 Giovanni Ferrara. Il senso della notte
330 Eduardo Rebulla. Segni di fuoco
331 Andrea Camilleri. Il birraio di Preston
332 Isabelle, Véronique e Marc Soriano. Il Testamour o dei rimedi alla malinconia
333 Maurice Druon. Il bambino dai pollici verdi
334 George Meredith. Il racconto di Cloe
335 Sergio Marzorati. Ritorno a Zagabria
336 Enrico Job. Il pittore felice
337 Laura Pariani. Il pettine
338 Marco Ferrari. Alla rivoluzione sulla Due Cavalli
339 Luisa Adorno. Come a un ballo in maschera
340 Daria Galateria. Il tè a Port-Royal
341 James Hilton. Orizzonte perduto
342 Henry Rider Haggard. Lei
343 Henry Rider Haggard. Il ritorno di Lei
344 Maurizio Valenzi. C'è Togliatti!
345 Laura Pariani. La spada e la luna
346 Michele Perriera. Delirium cordis
347 Marisa Fenoglio. Casa Fenoglio
348 Friedrich Glauser. Morfina
349 Annie Messina. La principessa e il wâlî
350 Giovanni Ferrara. La sosta
351 Romain Colomb. Stendhal, mio cugino
352 Vito Piazza. Milanesi non si nasce
353 Marco Denevi. Rosaura alle dieci
354 Robert Louis Stevenson. Ricordo di Fleeming Jenkin
355 Andrea Camilleri. Il cane di terracotta
356 Francesco Bacone. Saggi
357 Wilkie Collins. Testimone d'accusa
358 Santo Piazzese. I delitti di via Medina-Sidonia
359 Patricia Highsmith. La casa nera
360 Racconti gialli
361 L'almanacco del delitto
362 Baronessa Orczy. Il vecchio nell'angolo
363 Jean Giono. La fine degli eroi
364 Carlo Lucarelli. Via delle Oche
365 Sergio Atzeni. Bellas mariposas
366 José Martí. Il processo Guiteau
367 Marcella Olschki. Oh, America!
368 Franco Vegliani. La frontiera
369 Maria Messina. Pettini-fini
370 Maria Messina. Le briciole del destino
371 Maria Messina. Il guinzaglio
372 Gesualdo Bufalino. La luce e il lutto
373 Christopher Morley. La macchina da scrivere
374 Andrea Camilleri. Il ladro di merendine
375 Pino Di Silvestro. Le epigrafi di Leonardo Sciascia
376 Francis Scott Fitzgerald. La crociera del Rottame Vagante

377 Franz Kafka. Sogni
378 Andrea Camilleri. Un filo di fumo
379 Annie Messina. Il banchetto dell'emiro
380 Lucio Anneo Seneca. Alla madre
381 Tommaso Di Ciaula. Acque sante, acque marce
382 Giovanni Papapietro. L'amica di mia madre
383 Ignazio Buttitta. La vera storia di Salvatore Giuliano
384 Giovanni di Alta Selva. Dolopato ovvero Il re e i sette sapienti
385 Andrea Camilleri. La bolla di componenda
386 Daphne du Maurier. Non voltarti
387 Daphne du Maurier. Gli uccelli
388 Daphne du Maurier. L'alibi
389 Julia Kristeva. Una donna decapitata